Die Stimme des Bösen

Marion Karadeniz

Die Stimme des Bösen

Bibliografische Information der Deutschen Nationalbibliothek
Die Deutsche Nationalbibliothek verzeichnet diese Publikation
in der Deutschen Nationalbibliografie; detaillierte bibliografische
Daten sind im Internet über http://dnb.d-nb.de abrufbar.

© 2014 Marion Karadeniz
Umschlagdesign, Satz, Herstellung und Verlag:
BoD – Books on Demand
ISBN 978-3-7357-6768-4

Kapitel 1

Verena Cage atmete noch einmal tief durch. Dies war ihr großer Auftritt. Sie stand von ihrem Stuhl auf und ging langsam zum Rednerpult. Jetzt bloß kein falscher Schritt. Sie war hochkonzentriert. Seit Wochen hatte sie sich auf diesen Moment vorbereitet. Sie trug einen dunkelblauen Hosenanzug, dazu einfache schwarze Schuhe. Denn heute ging es nur um ihre Kompetenz. Sie wollte nicht durch auffällige oder feminine Kleidung vom Wesentlichen ablenken. Auch die langen dunklen Haare hatte sie zwar aufwändig mit dem Lockenstab bearbeitet, dann aber zu einem Pferdeschwanz zusammengebunden.

Endlich am Rednerpult angekommen, schaute sie ins Publikum. Zur Fachkonferenz für forensische Psychiatrie waren rund 200 Kollegen aus allen Ländern der Welt angereist. Von den Vortragenden war sie mit ihren 38 Jahren mit Abstand die jüngste. Ihren Platz auf der Rednerliste hatte sie sich hart erkämpft. Noch war sie zu neu in der elitären Gruppe der Leiter von psychiatrischen Krankenhäusern. Mit Ausnahme der zwei Moderatorinnen war sie auch die einzige Frau. Verena lächelte leicht beim Gedanken an das Telefonat mit dem Veranstalter. Er hatte sie zunächst für die Sekretärin gehalten. Auch damals, vor einem Jahr, hatte ihr niemand zugetraut, dass sie die Leitung der Klinik in Lansing übernehmen würde. Aber sie hatte es geschafft und der heutige Auftritt würde auch die letzten Kritiker überzeugen. Sie sprach frei, ohne auf das Redemanuskript, das sie vor sich liegen hatte, zu schauen.

»Sehr verehrte Damen und Herren, liebe Kollegen. Ich darf Sie heute ganz herzlich zu dieser internationalen Konferenz in Lansing willkommen heißen. Mein Name ist Dr. Verena Cage. Die meisten von Ihnen kennen mich noch nicht. Ich leite seit etwa einem Jahr das Grand River State Hospital hier in Lansing. Ich freue mich, dass so viele geschätzte Kollegen aus aller Welt der Einladung gefolgt sind. Es erfüllt mich zudem mit großem Stolz, dass der Gouverneur von Michigan mich gebeten hat, heute den Eingangsvortrag zu halten.«

Bei diesen Worten schaute sie mit dankbarem Lächeln auf die Ehrengäste in der ersten Reihe. Unter ihnen der Gouverneur, der bereits zur Uhr schaute und vermutlich in wenigen Minuten den Raum verlassen würde, um zur nächsten Veranstaltung zu eilen. Wie die meisten Politiker war auch er dafür bekannt, dass er es eigentlich liebte, Veranstaltungen selbst zu eröffnen. Aber heute hatte seine Zeit dafür nicht ausgereicht. Verena vergewisserte sich mit einem kurzen Blick, dass sie sich der Aufmerksamkeit des Publikums sicher sein konnte, und fuhr fort.

»Liebes Publikum, unsere Wissenschaft versucht die Antwort auf die Frage zu finden, warum ein Mensch zum Mörder wird. Bei der Beantwortung haben wir in den letzten Jahren unglaubliche Fortschritte erzielt. Lange Zeit wurden wir belächelt und nicht als vollwertige medizinische Disziplin anerkannt. Man warf uns vor, jede Gewalttat mit dem lapidaren Hinweis auf eine ›schwere Kindheit‹ erklären zu wollen. Nach Auffassung unserer Kritiker wurden gewalttätige Menschen in unseren Einrichtungen nur betreut und nicht effektiv therapiert. Man warf uns vor, dass wir gar nicht in der Lage seien, Gewalttäter wirklich zu therapieren. Diese überkommenen Vorstellungen mögen früher sogar eine gewisse Berechtigung gehabt haben. Heute aber sind sie obsolet geworden. Wir haben einen neuen Stand in unserer Wissenschaft erreicht. Heute können wir Entwicklungsstörungen besser diagnostizieren und wirksame Therapien anbieten, die es den Tätern in vielen Fällen ermöglichen, wieder mit sich ins Reine zu kommen und ein produktives Leben zu führen.«

Verena hörte ein leichtes Raunen, das durch die Reihen ging, so wie sie es erwartet hatte. Sie hatte lange überlegt, wie sie es ausdrücken sollte, aber letztlich fand sie die Formulierung »produktives Leben« angemessen, denn die Zuhörer würden noch sehen, was sie damit meinte. Verena war jetzt innerlich ganz ruhig. Ihre Nervosität war wie weggeblasen. Sie hatte das Publikum in der Hand.

»Natürlich machen uns diese wissenschaftlichen Fortschritte noch lange nicht allwissend. Natürlich können wir nicht vorhersagen, wer ein Mörder oder Gewalttäter werden wird. Aber auch da sind wir auf Augenhöhe mit unseren Nachbardisziplinen. Schließlich kann auch kein Onkologe vorhersagen, welche Menschen an Krebs erkranken werden. Selbst bei Grippeepidemien können Mediziner nicht genau prognostizieren, wie sich der Virus ausbreitet und wer daran erkranken wird. Wir können ebenfalls keine eindeutigen Aussagen über die erste Straftat machen, aber wir wissen heute einiges über die Wahrscheinlichkeit eines Rückfalls. Ebenso wie der Onkologe können wir Rückfälle in vielen Fällen verhindern. Wir können als forensische Psychiater stolz sein auf unsere Erfolge, denn jeder erfolgreich therapierte Patient bedeutet mehr Sicherheit für unsere Gesellschaft.«

Die jetzt folgende rhetorische Pause hatte Verena ebenfalls geübt. »Ich möchte Ihnen heute einen meiner Patienten vorstellen, der am besten selbst von seinen Erfahrungen in der Therapie berichtet. Tom, bitte komm zu mir auf die Bühne!«

Es kam angespannte Stille im Tagungsraum auf, als Tom Westwood lässig und ohne jede erkennbare Nervosität die Bühne betrat. Er war groß und kräftig. Die Muskeln an den Oberarmen waren unter dem beigefarbenen Freizeithemd gut auszumachen. Seine etwas längeren blonden Haare fielen in Locken über seine Schultern. Insgesamt wirkte er attraktiv und durchaus sympathisch. War dieser Mann ein Mörder?

Mit seiner tiefen, melodischen Stimme zog Tom die Zuhörer schnell in seinen Bann. Er sprach sicher wie ein Schauspieler, aber dennoch wirkten seine Worte nicht einstudiert. Er berichtete von den Demütigungen in seiner Kindheit. Davon, dass die leiblichen Eltern ihn nicht haben wollten und die Pflegeeltern ihn quälten. Auch davon, dass er innerlich bald nur noch Hass verspürte und glaubte, diesen nur besiegen zu können, wenn er seine Pflegeeltern tötete. Aber nach der Tat sei es ihm keineswegs besser gegangen. Im Gegenteil, der Wunsch zu töten sei noch stärker geworden. Der Wunsch, Macht auszuüben und Kontrolle. Erst in der Klinik habe er dies alles erkannt. Er habe gelernt, dass Gewalt keine Lösung sei. Zwar sei der Hass noch immer in ihm, aber er könne heute mit seinen negativen Gefühlen besser umgehen.

Um seine Ausführungen zu unterstreichen, gestikulierte Tom heftig mit seinen kräftigen Händen. Mörderhände, dachte Jason Klein, der zu dem Eröffnungsvortrag in die Konferenzhalle gekommen war, dies aber jetzt fast bereute. Als Hauptkommissar betrachtete er die Forensik mit anderen Augen. Er kannte das Leid der Angehörigen der Opfer und hatte in seiner Berufslaufbahn immer wieder Täter erlebt, die vor ihrer zweiten oder dritten Gewalttat als »geheilt« aus der Psychiatrie entlassen worden waren. Die Zurschaustellung dieses Mörders fand er unerträglich. Waren wir jetzt schon so weit, dass wir Gewalttätern eine solche Plattform bieten mussten? Er nahm sich vor, in der nächsten Pause die Veranstaltung zu verlassen und sich für den Rest des Tages wieder mit der Suche nach Verbrechern zu befassen, statt hier seine Zeit zu verschwenden.

Tom war inzwischen am Ende seiner Ausführungen angelangt. »Zwar lebe ich immer noch in der Klink, aber ich habe Ausgang und nutze meine Zeit draußen, um mich in Anti-Gewalt-Projekten zu engagieren. Ich bin dankbar, dass mir geholfen wurde, und möchte auch anderen dabei helfen, ohne Gewalt auszukommen.«

Unter großem Applaus verließen Verena und Tom die Bühne. Tom Westwood war von einem Moment auf den anderen zum Hoffnungsträger einer ganzen Generation von forensischen Psychiatern geworden. Die Älteren unter ihnen erinnerten sich zum Teil noch an seine Morde vor 30 Jahren. Die Tötung der Pflegeeltern war wie eine Exekution abgelaufen. Wenn es also möglich war, diesen Sadisten zu heilen und ihm zu dem angenehmen Menschen zu machen, der ihnen jetzt gegenüberstand, dann würde die ganze Zunft davon profitieren. In der Pause wurden Verena und Tom sofort von neugierigen Kollegen umringt, deren viele Fragen sie beantworten mussten.

Verena war zufrieden. Wie sie erwartet hatte, war die Veranstaltung für sie schon jetzt ein voller Erfolg.

Kapitel 2

Miranda schaute wie gebannt auf die Bühne, als Tom Westwood ans Mikrofon trat. Sie fand die ganze Konferenz faszinierend und hatte sich die ganze Woche schon darauf gefreut. Die dunklen Seiten der menschlichen Existenz hatten sie schon immer interessiert. Sie konnte sich dieses Interesse eigentlich selbst nicht erklären. Schon als kleines Mädchen hatte sie sich kaum von Krimis losreißen können. Es war nicht Blut und Gewalt, was sie anzog, sondern das pure Böse im Menschen. Das unverständliche Böse, das sich in Fragen ausdrückte wie: Stimmte es wirklich, dass man Mörder heilen konnte? Waren sie in Wahrheit Kranke, die gar nichts für ihre Tat konnten? Konnte jeder Mensch zum Mörder werden? Und wenn ja, wodurch? Genau dies waren die Fragen, mit denen sich Dr. Cage beschäftigte! Ihr Auftritt hatte sie tief beeindruckt. Die Frau wirkte so selbstbewusst und souverän. Sie selbst wäre in Panik ausgebrochen, wenn sie eine Rede vor so vielen Menschen hätte halten müssen. Dabei schien die Psychiaterin kaum älter zu sein als sie.

Miranda versank in Gedanken. Sie hatte sich heute Morgen mit Viktor gestritten und ärgerte sich noch immer über ihn. Es ging immer wieder um das gleiche Thema. Er hatte ihr vorgeworfen, sich nicht ausreichend um den Aufbau ihrer Kanzlei zu kümmern. Sie hatte erst wenige Klienten und die ewigen Nachbarschaftsstreitigkeiten, mit denen die Leute zu ihr kamen, langweilten sie zu Tode. Erst gestern wollte ein älterer Mann durchsetzen, dass die Nachbarn einen alten Kirschbaum fällen, da er seine Aussicht behindere. Hatten die Menschen nicht andere Probleme? Musste sie sich als Juristin damit wirklich befassen? So deutlich hatte sie sich diese Frage noch nie gestellt. Eigentlich war es damals ihr Interesse an Verbrechen gewesen, weswegen sie begann, Jura zu studieren. Sie wollte dem Verbrechen ganz nah sein. Miranda merkte, dass sie heute in einer ganz merkwürdigen

Stimmung war. Sie fühlte so etwas wie Aufbruch. Etwas musste sich ändern in ihrem Leben, sie wusste nur noch nicht genau, was. Aber sie fühlte sich so stark wie schon lange nicht mehr.

Als die Kaffeepause begann, stieg leichte Panik in Miranda hoch. Es war das altbekannte Gefühl, nicht dazuzugehören. Sie kannte niemanden hier. Sie gehörte tatsächlich nicht dazu. Sollte sie vielleicht kurz nach draußen gehen? Oder auf die Toilette? Sonst würde sie gleich ganz alleine herumstehen und jeder würde sehen, dass sie fehl am Platze war. Trotz dieser Furcht ließ sie sich – unschlüssig, was sie tun sollte – von der Menge treiben und landete schließlich beim Kaffeeausschank.

»Mit Milch und Zucker bitte«, hörte sie sich sagen. Sie nahm die Tasse und ging etwas weiter in den Raum hinein. Was sollte sie jetzt tun? Da merkte sie plötzlich, dass Tom Westwood, ebenfalls mit einer Tasse Kaffee, praktisch neben ihr stand. Er lächelte ihr aufmunternd zu. Miranda nahm allen Mut zusammen. Was hatte sie schon zu verlieren?

»Entschuldigen Sie, Herr ... Westwood. Könnte ich Sie mal kurz sprechen?«

Tom schaute sich die junge Frau in Jeans und kariertem Flanellhemd, deren große blaue Augen von einer dunklen Hornbrille umrandet waren, genauer an. Sie trug flache, sehr bequem aussehende Schuhe.

»Aber gerne doch, junge Dame. Was kann ich für Sie tun?«

»Mein Name ist Miranda Adams. Ich bin Rechtsanwältin und arbeite an einem Buch über Gewalttäter. Über ihre Motive und darüber, was aus ihnen geworden ist. Ich wollte Sie fragen, ob ich Sie für dieses Buch einmal interviewen könnte.«

Die Idee war Miranda gerade erst gekommen. Sie fand sie aber geradezu genial. Ihr Herz klopfte.

»Na, Sie kommen wohl immer gleich zur Sache, nicht wahr?«, sagte Tom lächelnd.

»Entschuldigen Sie. Ich habe vorhin Ihren Vortrag gehört und da dachte ich ...«

»Ist schon in Ordnung. Ich mag es, wenn Frauen direkt sind. Aber was das Interview angeht, ich denke, da muss ich erst meine Aufpasserin fragen.«

»Ihre Aufpasserin?«

»Nun ja. Ich bin kein freier Mann, wie Sie wissen. Ich lebe in einer geschlossenen Anstalt und habe nur hin und wieder Freigang. Verena kontrolliert jeden meiner Schritte.« Tom schaute Miranda an, als würde er unter dieser Bevormundung leiden.

Miranda fühlte eine leichte Irritation. War es normal, so über seine Ärztin zu sprechen? Oder sollte das ein Scherz sein? Hatte Frau Dr. Cage nicht gesagt, dass er erfolgreich therapiert worden sei? Warum dann noch diese Vorsicht?

»Ich könnte Sie natürlich auch in der Klinik besuchen. Besuch dürfen Sie doch sicher erhalten, oder?«

Tom lachte. »Ja, natürlich. Das wäre eine große Ehre für mich, wenn Sie mich besuchen würden.«

Mit Verärgerung merkte Miranda, dass sie errötete. Was sollte dieser Mann jetzt von ihr denken? Umso froher war sie, als Tom das Gespräch fortsetzte.

»Darf ich Sie jetzt auch mal was fragen?«

»Ja, natürlich!«

»Wie alt sind Sie?«, fragte Tom.

»Warum fragen Sie mich das?«

»Da Sie ja den direkten Ton zwischen uns vorgegeben haben, dachte ich, dass auch ich direkt sein kann. Sie sehen jung aus für eine Rechtsanwältin, die Bücher schreibt.«

»Na ja, ich … ich habe mein Studium letztes Jahr abgeschlossen. Ich habe allerdings spät angefangen, da ich zunächst eine Ausbildung gemacht habe. Ich bin fast 30, also 29, um genau zu sein.«

»Sie haben also nach dem Studium keinen Job gefunden?«

»Wie kommen Sie darauf?«

»Sie schreiben ein Buch über Gewalttäter. Hätten Sie einen Job, wäre das vermutlich nicht Ihre Freizeitbeschäftigung, oder?«

»Meinen Sie, ich würde mit dem Buch nur meine Arbeitslosigkeit überdecken?«

»Ist es nicht so?«

»Nein, überhaupt nicht! Ich will mir ein zweites Standbein aufbauen. Ich arbeite selbstständig als Rechtsanwältin. Während meines Studiums habe ich auch ein paar Veranstaltungen in Psychologie belegt. Dadurch entstand mein Interesse an dem Buchprojekt. Mich interessiert nicht nur die Tat, sondern auch der Mensch dahinter.«

»Verstehe«, sagte Tom, wenig überzeugt.

»Also, Herr Westwood …«

»Nennen Sie mich doch bitte Tom.«

»Gerne. Tom, also, ich melde mich dann bei Ihnen?«

»Ja, ich freue mich darauf.«

Die beiden tauschten ihre Telefonnummern aus. Tom verabschiedete sich mit einem kräftigen Händedruck, als gerade ein Signal das Ende der Pause verkündete. Miranda war nach dem kurzen Gespräch wie elektrisiert. Sie hatte den Eindruck, noch nie so mutig gewesen zu sein. Denn es war alles andere als ihre Art, fremde Menschen einfach so anzusprechen. Dennoch, sie hatte es einfach getan und dieser Tom war bereit, sich mit ihr zu treffen. Das mit dem Buch war die beste Idee, die sie seit Langem hatte. Es würde ihr Spaß machen, Interviews dafür zu führen. Interviews mit interessanten Verbrechern. Außerdem freute sie sich auf ein Wiedersehen mit Tom Westwood.

Kapitel 3

Miranda war noch immer euphorisch, als sie am Abend das Foyer ihres Apartmenthauses betrat. Sie begrüßte Joseph, der wie jeden Tag am Empfang saß, mit einem strahlenden Lächeln und ging zum Aufzug. Gemeinsam mit ihrem Mann Viktor bewohnte sie die Penthauswohnung mit Blick auf den Park der Stadt. Die Wohnung war eigentlich etwas zu teuer für ihre Einkommensverhältnisse, aber sie hatten sich beide spontan in sie verliebt. Außerdem war sie repräsentativ genug, um einen der Räume als Büro zu nutzen. Dort empfing sie auch Klienten. Als der Aufzug kam, stieg Susan Smith aus, die im zweiten Stock eine Praxis für Paartherapie unterhielt.

»Guten Abend, Frau Adams. Wie geht's?«

»Bestens, danke, und Ihnen?«

»Danke, ebenso. Waren Sie heute gar nicht in Ihrer Kanzlei?«

»Nein, ich war bei einer Konferenz über Forensik.«

»Ach, davon habe ich gehört. Das war sicher spannend.«

»Ja, das war es auf jeden Fall!«

»Vielleicht haben Sie mal Zeit für einen Kaffee und wollen mir davon erzählen?«

»Das mache ich gerne. Leider bin ich aber heute etwas in Eile …«

»Natürlich, kein Problem. Einen schönen Abend noch.«

»Das wünsche ich Ihnen auch.«

Miranda ging in den Aufzug und drückte ungeduldig auf den Knopf zum 14. Stock. Sie hatte es tatsächlich eilig und hoffte, dass die Nachbarin sie nicht als unhöflich empfunden hatte. In der Wohnung angekommen, warf sie den Mantel auf die Garderobe und stürmte in die Küche. Es war fast sieben Uhr. Normalerweise kam Viktor um diese Zeit aus der Kanzlei nach Hause. Er hatte immer gerne etwas Frisches zum Abendessen, einen Salat oder gegrilltes Gemüse, vor allem dann, wenn er keine Zeit für ein richtiges Mittagessen gehabt hatte. Heute war es Miranda nicht gelungen, etwas vorzubereiten. Sie hatte den Bus verpasst, nachdem sie die Konferenz verlassen hatte, und musste lange auf den nächsten warten. Sie hoffte einfach, dass Viktor heute gut gelaunt sein würde. Sie selbst war es jedenfalls. Sie war ganz erfüllt von ihrem neuen Projekt. Zur Feier des Tages nahm sie einen Weißwein aus dem Kühlschrank und öffnete ihn. Wenn es schon keinen Salat gab, sondern nur Brot und Käse, dann doch wenigstens einen guten Wein dazu!

Kaum war sie fertig mit dem Tischdecken, da hörte sie schon den Schlüssel in der Haustür.

»Hallo mein Schatz!« Viktor begrüßte sie mit einem Kuss auf die Wange. »Ich ziehe mich noch schnell um und bin dann gleich bei dir.«

Miranda atmete tief durch. Viktor war gut gelaunt. Kein Problem also mit dem Abendessen.

»Ich habe es leider nicht mehr geschafft, einen Salat zu kaufen. Ich war ja bei dieser Konferenz …«

»Kein Problem, mein Schatz. Warum gibt es denn heute Wein? Habe ich etwas verpasst?«

»Nein, warum? Ich hatte nur einfach Lust auf ein Glas Wein heute Abend.«

»Einfach so unter der Woche, ohne dass es etwas zu feiern gibt?«

Viktor sah sie etwas vorwurfsvoll an, nahm dann aber doch selbst etwas von dem Wein. Miranda lächelte ihn an.

»Wie war dein Tag?«

»Oh, furchtbar anstrengend mal wieder. Dein Vater hat mich ganz schön auf Trab gehalten. Er überlässt mir immer öfter die schwierigen Fälle. Gleichzeitig weiß ich es natürlich zu schätzen, weil es zeigt, dass er mir vertraut.«

Wie immer, wenn Viktor von der Zusammenarbeit mit ihrem Vater berichtete, spürte Miranda einen leichten Stich. Sie freute sich natürlich darüber, dass Viktor in der Kanzlei ihres Vaters so erfolgreich war. Zumindest wusste sie, dass sie sich darüber freuen sollte. Und ihr war auch klar, dass er dafür ideal geeignet war, besser als sie jedenfalls. Aber dennoch schmerzte es immer noch. Ihr Vater hätte sie nach dem Abschluss ihres Studiums wenigstens fragen können, auch wenn sie es natürlich abgelehnt hätte.

Die beiden saßen am Tisch und schwiegen eine Weile. Beide hatten ein Stück Brot mit Käse vor sich auf dem Teller liegen. Viktor hatte den Wein bis jetzt nicht angerührt. Es schien, als kämpfe er mit sich, ob er nun mit seiner Gewohnheit, unter der Woche nie Alkohol zu trinken, brechen sollte oder nicht. Zumal er weiterhin keinen Grund dafür erkennen konnte.

»Und wie war deine Konferenz?«

Miranda schaute auf. »Ganz großartig. Die Vorträge waren wirklich spannend. Ich wusste gar nicht, wie viel sich auf dem Gebiet der Forensik getan hat.«

»Hat es das?«

»Ja, die Therapien sind jetzt viel besser geworden. Es war sogar ein geheilter Mörder dabei, der von seiner Therapie berichtet hat. Jemand hier vom Grand River State.«

»Ein Mörder war auf der Konferenz? Das erscheint mir nun wirklich unorthodox. Da kann man ja nur hoffen, dass er wirklich geheilt ist«, sagte Viktor und lächelte dabei.

»Ja, er machte einen ganz friedlichen Eindruck. Weißt du, ich habe mir überlegt, dass ich vielleicht ein Buch schreiben möchte über Gewalttäter und ihre Geschichten.«

»Ein Buch über Gewalttäter? Wie kommst du denn darauf?«

»Es ist erst mal nur so eine Idee. Ich dachte nur, dass ich es spannend fände, mich mit diesem Thema näher zu befassen und Interviews zu führen mit ehemaligen Tätern, die heute als geheilt gelten.«

»Das Thema ist sicher spannend und ich bin mir auch sicher, dass daran Interesse besteht. Immerhin gibt es ja einige Bestseller zu dem Thema. Allerdings …«

Miranda schaute ihren Mann erwartungsvoll an. Es war ihr wichtig, wie er ihre Idee sehen würde.

»Allerdings was?«, fragte sie ungeduldig.

»Also, nimm mir das jetzt bitte nicht übel, Miranda, aber ich denke, dass die Bücher über Straftäter in der Regel von Leuten geschrieben werden, die selbst Erfahrung mit solchen Fällen haben. Ich meine, bisher hast du ja noch nicht allzu viele Strafsachen bearbeitet.«

Das war leicht untertrieben, denn Miranda hatte noch nie beruflich mit Strafsachen zu tun gehabt.

»Ich würde mich eher auf die psychologischen Aspekte konzentrieren wollen. Auf die Frage, warum jemand straffällig geworden ist und wie es ihm später gelungen ist, nicht rückfällig zu werden.«

Viktor legte sein Besteck zur Seite und sah Miranda an.

»Die psychologische Seite spielt natürlich bei jeder Straftat eine wichtige Rolle und ist für uns Juristen immer interessant. Aber leider bist du nun mal keine Psychologin. Ich stelle es mir schwierig vor, da methodisch sauber zu arbeiten, wenn man von einem anderen Fachgebiet kommt.«

Das klang leider sehr nachvollziehbar. Miranda kam sich vor wie ein kleines Mädchen. Ihre Stimme war jetzt etwas leiser geworden.

»Ich würde einfach gerne etwas tun, was mir Spaß macht und mich ausfüllt.«

»Das verstehe ich ja, Miranda. Ich wünsche mir doch auch, dass du Spaß an der Arbeit hast. Aber es geht doch auch um unseren Lebensunterhalt. Wir wollen ja schließlich auch mal eine Familie gründen, oder etwa nicht? Da müssen wir beide unseren Teil beitragen. Erst mal solltest du Berufserfahrung sammeln, dann kannst du über Dinge schreiben, von denen du Ahnung hast. Andersherum läuft das leider nicht, mein Schatz. Du solltest schauen, dass du Klienten gewinnst.«

»Aber du weißt genau, dass mir das Klären von Nachbarschaftsstreitigkeiten nicht wirklich Spaß macht. Ich komme mir vor wie die Oberlehrerin, nicht wie eine Anwältin.«

»Es war deine Entscheidung, dich auf das Privatrecht zu spezialisieren.

Es ist der einzige Bereich, in dem es so gut wie nie zu einem Prozess vor Gericht kommt.«

Das war der wunde Punkt. Miranda hatte höllische Angst davor, vor einer großen Gruppe Menschen zu sprechen. Insbesondere in einem eindrucksvollen Gerichtssaal mit lauter Augen, die bedeutungsschwer auf ihr lagen. Schon ihr erstes Praktikum vor Gericht war ein Desaster gewesen. Und da war sie noch nicht einmal Rechtsanwältin.

»Wahrscheinlich hast du recht. Ich war nur so angetan von der Konferenz. Aber vielleicht lasse ich das erst mal mit der Karriere als Schriftstellerin.«

Miranda hatte das leicht dahingesagt. Sie wusste aber, dass sie Tom Westwood trotzdem treffen wollte. Vielleicht wurde ja kein Buch daraus, aber diese kleine Ungezogenheit würde sie sich gönnen. Dazu war sie viel zu neugierig auf seine Geschichte. Und Viktor würde das schließlich niemals erfahren.

Kapitel 4

Steve Bold war überrascht, als er Tom auf einem Foto in der Tageszeitung entdeckte. Er goss sich gerade eine zweite Tasse von seinem dampfenden Tee ein. Jeden Morgen nahm Steve sich die Zeit für ein ausgiebiges Frühstück und dabei las er regelmäßig die Tageszeitung, einschließlich des Regionalteils. Er las jeden Artikel. Stets brauchte er drei Tassen, bis er zur Sportseite gelangt war. Diesmal aber blieb sein Blick auf dem Bild seines Bruders Tom Westwood hängen. Er war also gemeinsam mit Verena bei einer Tagung gewesen und hatte dort seine Geschichte erzählt. Nicht seine wahre Geschichte natürlich. Warum nur hatte er das getan? Steve konnte sich keinen Grund dafür vorstellen. Aber er wusste, dass Tom die Bühne liebte. Vielleicht hatte er sich deswegen dazu hinreißen lassen.

Steve stand auf und räumte sein Geschirr in die Spüle. Er ließ die Zeitung mit dem Foto von Tom auf dem Küchentisch liegen. Heute Abend würde er den Artikel noch einmal lesen.
Wenn er von der Arbeit nach Hause kam, würde er das Geschirr abspülen und den Teller für zwei Scheiben Brot mit Wurst wiederverwenden. Die Brote würde er vor dem Fernseher verzehren. Anschließend würde er das Geschirr erneut abspülen und für das Frühstück bereitstellen. Danach würde er den Artikel ein zweites Mal lesen, bevor er weiter fernsehen würde, um dann um neun Uhr ins Bett zu gehen. Als Lagerarbeiter begann seine Schicht jeden Tag um sieben Uhr. Er stand um fünf Uhr auf und ging um neun Uhr ins Bett. Das war schon immer so, seit er denken konnte. Ein Tag verlief wie der andere, einzige Abwechslung war das sich ändernde Fernsehprogramm, was er aber kaum wahrnahm. Am Samstag ging er einkaufen und putzte seine Wohnung. Sonntag war ein leerer Tag. Was hatte er die letzten Sonntage gemacht? Er konnte sich nicht erinnern. War er noch mal einkaufen gewesen? Manchmal kam es vor, dass er am Samstag etwas

vergaß und daher am Sonntag noch mal einkaufen ging. Auch bei angestrengtem Nachdenken konnte er sich kaum an irgendein Ereignis der letzten Wochen erinnern. Tom war hier gewesen, das wusste er noch. Er hatte sich seinen Besuch am Wandkalender markiert. Alle anderen Tage waren weiß.

Steve Bold lebte nicht in einer Klinik, also war er normal. Er nahm keine Medikamente, auch wenn Verena ihm früher mal Antidepressiva verschreiben wollte. Er brauchte das nicht. Er war sich sicher, dass er normal war, solange er normale Dinge tat. Arbeiten, Essen, Schlafen, Fernsehen. Er mochte die Klinik nicht und besuchte Tom dort nicht mehr. Sein Leben war zwischen Arbeit und Wohnung aufgeteilt und das war schon schwierig genug. Ein weiterer Ort hätte Unruhe in seinen Ablauf gebracht. Tom war der Einzige, der diesen Ablauf hin und wieder durcheinanderbrachte, indem er unangemeldet bei ihm auftauchte.

Auch wenn beide nicht verwandt waren, hatte er Tom immer als seinen Bruder betrachtet. Das war jedoch nur ein Wort, denn Steve Bold hatte keine Verwandten. Er wusste nicht, was es bedeutet, einen echten Bruder zu haben. Er fühlte sich Tom jedoch nah, so nah, wie es vielleicht bei einem Bruder hätte der Fall sein können. Er erinnerte sich noch genau an seine erste Begegnung mit Tom, es war seine früheste Kindheitserinnerung. Er hatte das gegenüber der Therapeutin, die er dreimal getroffen hatte, nie zugegeben. Auch wenn es ihm in der ersten Sitzung mit ihr klar geworden war. Wie war noch mal der Name der Therapeutin? Es lag ihm auf der Zunge, aber er kam nicht drauf. Na, ist ja auch egal. An die Vergangenheit zu denken brachte ihn nicht weiter. Er hätte die Therapie auch dann nicht fortgesetzt, wenn er das Geld dafür gehabt hätte. Aber diese Erinnerung an die erste Begegnung mit Tom, die war ihm durch die Therapie wieder ins Gedächtnis gekommen. Diese Erkenntnis hatte ihn getroffen wie ein Blitzschlag. Denn als er Tom zum ersten Mal traf, war Steve bereits

14 Jahre alt. Das war also gar nicht möglich. Auch deswegen hatte er es nicht erwähnt. Aber es stimmte dennoch. Er hat bereits 14 Jahre gelebt und konnte sich an nichts erinnern, was vorher passiert war! Dieser kleine Junge von vier Jahren, der plötzlich bei den Millers aufgetaucht war, hat ihn zum Leben erweckt. Er hatte ihn mit großen blauen Augen angeschaut. Daran erinnerte Steve sich. Aber der Gedanke war gefährlich, er musste ihn beiseiteschieben. Er musste sich jetzt konzentrieren, um rechtzeitig bei der Arbeit zu sein.

Steve ging ins Bad, um sich die Zähne zu putzen. Er betrachtete sich im Spiegel. Man sah ihm seine fast 60 Jahre an. Tiefe Falten durchzogen sein Gesicht. Fast war er überrascht, sein Gesicht zu sehen, so lange hatte er sich schon nicht mehr aufmerksam im Spiegel betrachtet. Die Vergangenheit schien ihm immer näher zu sein als die Gegenwart. Er fühlte wieder die Last der Schuld, die er vor über 40 Jahren auf sich genommen hatte. Ja, das war es wohl. Er war schuldig. Damals hatte er erwartet, nie wieder etwas von Tom zu hören. Dann hatte er doch von ihm gehört, aber erst viele Jahre später. Zuerst las er von dem Mord in der Zeitung. Er wusste damit, dass sich seine schlimmsten Befürchtungen bewahrheitet hatten. Nicht für die Millers, denen er keine Träne nachweinte, sondern für seinen kleinen Bruder Tom.

Kapitel 5

Jason Klein war wie so häufig, wenn er abends um sieben noch im Büro war, der Letzte in seiner Abteilung. Nicht, dass er etwas ganz Dringendes zu tun gehabt hätte, aber er sortierte noch mal die Unterlagen auf seinem Schreibtisch. Seit seiner Scheidung vor gut einem Jahr hatte er es nicht mehr eilig, abends nach Hause zu kommen. Der Beruf war für ihn zum Lebensinhalt geworden.

Einige Akten konnten zurück ins Archiv. Er mochte es nicht, wenn zu viel Papier herumlag, zumal die Kriminalakten alle vertraulich waren und er sie am Abend im Schrank einschließen musste. Als Hauptkommissar hatte er Verantwortung für ein großes Team. Seine Kompetenz war anerkannt und er war als Chef wie auch als Kollege beliebt. Hier fühlte er sich wohl und hier hatte er das Gefühl, etwas Sinnvolles zu tun. Die Tatsache, dass er praktisch kein Privatleben mehr hatte, versuchte er zu verdrängen.

Als er gerade dabei war, seine Sachen zu packen, klingelte das Telefon. »Hauptkommissar Klein«, meldete er sich.

»Guten Abend, Herr Klein. Gut, dass ich Sie noch erwische. Hier ist Charles Lewis von der Polizeiwache in der Südstadt. Wir haben hier einen Todesfall in der 58sten Straße, vielleicht Mord. Die Bewohnerin war seit mehreren Tagen nicht zur Arbeit erschienen und hat nicht auf Anrufe reagiert. Kollegen von ihr haben uns verständigt. Wir haben die Tür aufgebrochen und eine Leiche gefunden. Können Sie kommen? Die Gerichtsmedizin und die Spurensicherung sind schon hier.«

»Ja, natürlich. Ich bin in einer halben Stunde da.«

Als Jason Klein ankam, war die Spurensicherung fast fertig mit ihrer Arbeit.

Die Wohnung war komplett verwüstet, Schubladen waren aufgezogen und durchwühlt worden. Auf dem Boden lagen Kleidungsstücke und Halsketten.

»Sieht aus wie Raubmord, was?«, begrüßte ihn Pete.

»Ja«, antwortete Jason, »das könnte gut möglich sein. Nicht gerade eine besonders gute Gegend, das haben wir leider häufiger hier. Was wissen wir denn über das Opfer?«

»Martha Woods. Sie war Krankenschwester in der Klappsmühle am Berg. 32 Jahre alt, alleinstehend.«

»Sie hat Würgemale am Hals. Wie ist sie denn gestorben, hat die Gerichtsmedizin da schon Erkenntnisse?«

»Das ist das Merkwürdige, Jason. Soweit ich das bisher beurteilen kann, durch Genickbruch. Ich denke, sie wurde an diesem selbstgebauten Galgen erhängt.« Er deutete auf die Lampe an der Decke, von der ein Seil herabhing. »Aber Genaueres wissen wir natürlich wie immer erst nach der Obduktion.«

Jason schaute ungläubig nach oben.

»Warum sollte ein Räuber sich diese Mühe machen?«

»Vielleicht hatte er keine Waffe zur Hand. Oder vielleicht sollte das Ganze nur wie ein Raubüberfall aussehen. Es wird euer Job sein, das herauszufinden, Jason.«

Jason Klein schaute sich in der kleinen Wohnung um. Seine ganze Erfahrung sagte ihm, dass es sich hier nicht um einen Raubüberfall handelte. Raubüberfälle, bei denen der Täter aus einer Panikreaktion heraus auf die Bewohner schoss, hatte er schon häufig gesehen. Doch die meisten Täter ergriffen in so einer Situation die Flucht. Das Opfer zu fesseln und an einen selbstgebauten Galgen zu hängen, war nun wirklich nicht nachvollziehbar für einen Räuber, der die Wohnung so schnell wie möglich wieder verlassen wollte. Das Erhängen des Opfers sprach somit eher für eine geplante Beziehungstat. Vielleicht wollte der Täter im Nachhinein davon ablenken oder er hat nach etwas Bestimmten gesucht und daher die Schränke durchwühlt.

Jason nahm sich vor, am nächsten Tag bei der Arbeitsstelle des Opfers die Ermittlungen aufzunehmen. Da sie ja alleinstehend war, schien ihm das der logische Ausgangspunkt zu sein, um das Beziehungsumfeld zu erkunden.

Kapitel 6

»Immer, wenn ich mal früher Schluss mache, verpasse ich was. So
was Blödes! Wo wir doch schon eine ganze Weile keine Leiche mehr
hatten.«

Jack Bernard ließ sich mit einer großen Tasse Kaffee in der Hand auf
einen der Bürostühle fallen. Die Lederweste und die Lederstiefel, die
er zu allen Jahreszeiten trug, waren ein Hinweis auf seine texanische
Herkunft, ebenso wie sein melodischer Singsang, den zu verstehen
selbst für Jason manchmal schwierig war.

»Keine Sorge, Jack, du hast nicht viel verpasst. Die Ermittlungen fangen ja erst an und wir fahren gleich zusammen in die Klinik.«

»Welche Klinik ist das denn?«

»Die Psychiatrie. Das Grand River State Hospital.«

Jeder in Lansing kannte diesen Namen. Das Krankenhaus war eine
bekannte Einrichtung im Ort.

»Na klar, machen wir schon, Chef. Nur, so ein echter Tatort, das ist
eben doch der schönere Ermittlungsbeginn, oder? Du hättest mich
ruhig gestern Abend noch anrufen können, ich habe mich ohnehin nur
mit Barbara gestritten. Und die Kleinen sind mir auch auf die Nerven
gefallen. Ich hätte also zu Hause wirklich nichts verpasst.«

Jason lächelte. Obwohl Jack sich regelmäßig über sein Familienleben
beschwerte, wusste er doch, dass er und Barbara, die ebenfalls Polizis-
tin war, eine glückliche Ehe führten. Beide hatten lange ihren Beruf in
den Vordergrund gestellt und daher erst sehr spät Kinder bekommen.
Seit fünf Jahren waren sie stolze Eltern von Zwillingen, die sie abgött-
isch liebten, auch wenn sie deshalb nicht selten mit müden Augen
morgens zur Arbeit erschienen.

Jason gab noch Anweisungen für das Ermittlerteam »Martha«, das er
heute Morgen ins Leben gerufen hatte. Zunächst ging es darum, mög-
lichst viel über das Umfeld des Opfers zu erfahren. Dazu gehörte auch

die traurige Aufgabe, die Angehörigen über den Tod zu informieren. Im Falle von Martha waren dies ihre Eltern sowie ihre Schwester, die in Boston lebte. Diese Aufgabe übernahm wie fast immer Beth Walter, eine der wenigen Frauen im Team. Währenddessen würden die Kollegen die vorhandenen Daten nach ähnlichen Fällen durchstöbern und Kontakt mit den Dienststellen anderer Bundesstaaten aufnehmen. Bald würde der Bericht des Pathologen vorliegen. Vielleicht ergaben sich daraus weitere Erkenntnisse.

Jason und Jack verließen die Polizeiwache und liefen zum Dienstfahrzeug, das stets auf demselben Parkplatz stand. Wie immer stieg Jack auf der Fahrerseite ein. Der Texaner liebte das Autofahren, während Jason lieber die Zeit nutzte, um seine Gedanken zu sortieren. Die beiden arbeiteten seit Jahren zusammen. Der Beginn von Ermittlungen erfüllte sie immer mit einer schwer beschreibbaren Euphorie. Es galt, Rätsel zu lösen, Puzzlestücke zusammenzubringen. Manchmal passten alle Stücke zusammen und der Fall wurde ganz schnell aufgeklärt. Dann hielt die Euphorie an und beide fühlten sich wie Helden der Gerechtigkeit. Ein gemeinsames Bierchen in der Lieblingskneipe war dann ein fast notwendiges Ritual. Aber manchmal gerieten die Ermittlungen auch in eine Sackgasse. Dann war die Euphorie natürlich schnell verflogen.

Kaum waren die beiden Männer in der Station angekommen, in der Martha gearbeitet hatte, erblickte Jason zwei bekannte Gesichter. »Guten Tag, Frau Dr. Cage, Herr Westwood. Ich habe Sie beide letzte Woche beim Kongress gesehen. Wir sind von der Kriminalpolizei. Mein Name ist Jason Klein und das ist mein Kollege Jack Bernard. Frau Cage, unsere Kollegen haben Sie ja bereits telefonisch informiert ...«
»Ja, natürlich. Kommen Sie bitte mit in mein Büro. Tom, wir sehen uns später, okay?«
»Ja natürlich, Chefin! Bis später.«

Tom Westwood wirkte gut gelaunt und gelöst. Jason fragte sich, ob er schon wusste, was mit der Krankenschwester geschehen war.

Verena Cage führte die Männer in ihr Büro.

»Kann ich Ihnen einen Kaffee anbieten?«

»Nein, danke«, sagten beide wie aus einem Mund.

»Frau Dr. Cage«, begann Jason recht förmlich, »ich möchte Ihnen zunächst mein Beileid aussprechen zum Tod Ihrer Mitarbeiterin Frau Woods. Ich kann Ihnen versichern, dass wir alles in unserer Macht Stehende tun werden, um den Mörder so bald wie möglich zu finden.«

»Danke, Herr Kommissar. Offen gestanden, ich kann noch gar nicht glauben, was da passiert ist. Martha war eine gute Krankenschwester und im Kollegenkreis sehr beliebt. Ich kannte sie jedoch nicht privat, insofern kann ich mir auch nicht vorstellen, wer so etwas tun könnte.«

»Sie gehen also von einer Beziehungstat aus?«

»Ist es das nicht meistens? Was sollte sonst der Grund für eine solch grausame Tat sein?«

»Na ja, Sie leiten eine Psychiatrie. Da wissen Sie ja wohl, dass menschliches Handeln nicht immer rational und vorhersehbar ist.« Es war Jack, der das einwarf.

Verenas Augen flackerten, als sie ihn ansah.

»Wie meinen Sie das? Verdächtigen Sie etwa einen meiner Patienten? Glauben Sie mir, es ist ein Vorurteil zu glauben, psychisch kranke Menschen seien häufiger gewalttätig als andere. Das Gegenteil ist der Fall.«

»So hat er das doch gar nicht gemeint, Frau Dr. Cage. Nur, wir stehen noch ganz am Anfang der Ermittlungen und können derzeit gar nichts ausschließen. Außerdem gehe ich mal davon aus, dass Ihre Patienten alle ein Alibi haben, oder? Immerhin sind sie in der Klinik untergebracht.«

»Nun ja, wir sind keine geschlossene Anstalt. Die Patienten können das Klinikgelände verlassen. Die meisten tun dies allerdings nie, da sie nicht wüssten, wo sie hingehen sollten. Sie fühlen sich hier am sichersten. Andere wiederum haben Familie und besuchen diese, zum Beispiel am Wochenende, wenn ihr Zustand das erlaubt.«

»In diesem Falle müssten wir dann allerdings nicht nur mit den Kollegen und Kolleginnen von Frau Woods sprechen, sondern auch mit Ihren Patienten.« Das kam wieder von Jack.

»Muss das sein? Glauben Sie mir, da ist niemand dabei, der gewalttätig ist. Diese Menschen sind allerdings sehr labil, und wenn sie erfahren, dass Martha ermordet wurde, könnte das bei einigen einen psychotischen Schub auslösen.«

»Keine Sorge, wir werden einen Polizeipsychologen hinzuziehen und sehr vorsichtig sein. Aber Sie werden sicher Verständnis dafür haben, dass wir alle Möglichkeiten einschließen müssen. Immerhin geht es um Mord.«

»Ja, natürlich. Ich verstehe schon. Aber als Leiterin der Klinik bin ich verantwortlich für die Gesundheit unserer Patienten. Ich möchte Sie daher bitten, sehr diskret und behutsam vorzugehen. Einige Patienten sind ohnehin in einem Zustand, in dem sie nicht verhört werden können.«

Verena Cage betrachtete das Gespräch offensichtlich als beendet und wollte gerade aufstehen.

»Eine Frage hätte ich noch, Frau Doktor.« Jason war noch nicht fertig.

»Ja ...?«

»Warum ist Tom Westwood in dieser Klinik? Er müsste doch in einer forensischen Einrichtung sein und nicht in einer normalen Psychiatrie, oder?«

»Woher kennen Sie ihn?«

»Ich kenne ihn gar nicht. Aber wie ich schon sagte, war ich letzte Woche kurz bei der Konferenz, auf der Sie beide Ihren großen Auftritt hatten.«

Verena Cage sah Jason missbilligend an. Jason war klar, dass er diese

Frau nicht mochte und aufpassen musste, dass ihn das nicht zu sehr beeinflusste.

»Er war in einer forensischen Klinik, bis diese vor etwa einem Jahr geschlossen wurde.«

»Warum wurde er nicht in eine andere Klinik verlegt?«

»Gegenfrage: Warum sprechen wir über Tom in Zusammenhang mit dem Mord an Martha?«

»Frau Dr. Cage, ich versuche das ja nur zu verstehen. Vorhin sagten Sie, unter Ihren Patienten wäre niemand gewalttätig. Herr Westwood hat zwei Menschen ermordet. Er war damals als schuldfähig befunden worden und wurde zu Gefängnis mit anschließender lebenslanger Sicherheitsverwahrung verurteilt. Wenn er hier in einer ganz normalen Psychiatrie untergebracht ist und das Klinikgelände verlassen kann, wann immer er will, dann hat mich das als ermittelnder Kommissar in einem Mordfall schon zu interessieren.«

»So ist es ja nicht. Natürlich halten wir uns an die Gerichtsurteile. Tom hat keinen Freigang, wann immer er will. Er hat die Klinik in den letzten Monaten nur ein paar Mal verlassen, um seinen Bruder zu besuchen oder um an Anti-Gewalt-Projekten der Stadtverwaltung teilzunehmen.«

»Wie war sein Verhältnis zu Martha Woods?«

»Ganz normal. Die beiden hatten ein gutes Verhältnis. Glauben Sie mir, Sie machen einen Fehler, wenn sie Ihre Ermittlungen auf Tom konzentrieren. Er war es nicht. In medizinischer Hinsicht kann er als geheilt betrachtet werden.«

»Sie sprachen von einem Bruder. Können Sie uns die Kontaktdaten geben?«, warf Jack ein.

»Warum wollen Sie mit ihm sprechen?«

»Hören Sie, Frau Dr. Cage, Sie lassen uns die Ermittlungen führen, wie wir wollen, und dafür mischen wir uns auch nicht in Ihre Behandlungsmethoden ein, in Ordnung?«

Verena Cage schaute die Männer jetzt versöhnlicher an.

»Ja natürlich, Herr Kommissar. Ich suche Ihnen die Kontaktdaten heraus. Aber versprechen Sie sich nicht allzu viel von dem Gespräch mit ihm. Toms Bruder ist nicht gerade gesprächig.«

»Sie kennen ihn also persönlich?«

»Ja, die Therapie mit Tom war sehr intensiv und hat auch sein unmittelbares Umfeld mit eingeschlossen, also in erster Linie seinen Bruder. In dem Zusammenhang war er auch ein paar Mal zu Gesprächen hier.«

»Ist der Bruder ebenfalls straffällig geworden?«

»Nein, keineswegs. Er ist mit der Situation bei den Pflegeeltern besser zurechtgekommen. Er führt ein sehr unauffälliges Leben, war aber immer alleine, also keine Familie oder unmittelbare Bezugspersonen. Er arbeitet, soweit ich weiß, in einem Lager.«

»Vielen Dank, Frau Doktor«, sagte Jason, als er den Zettel mit der handgeschriebenen Adresse in Empfang nahm.

Jack und Jason verabschiedeten sich von Verena Cage mit einem kräftigen Händedruck und verließen, beide in Gedanken versunken, die Klinik. Erst nachdem der Wagen gestartet war und sie vom Klinikgelände herunterfuhren, sprach Jason wieder.

»Nur sicherheitshalber, Jack. Lass uns morgen mal die Akten vom Mordfall Westwood besorgen. Vielleicht finden wir da Parallelen zu diesem Mord.«

»Ja, machen wir, Chef.«

Kapitel 7

Tom fiel sofort auf, dass Miranda heute, anders als bei ihrem ersten Treffen auf der Konferenz, geschminkt war, sie hatte Lidschatten aufgetragen und die Lippen mit einem knalligen Rot betont. Die Hornbrille war Kontaktlinsen gewichen. Er begrüßte sie mit Wangenküssen links und rechts.

»Wie schön, Sie zu sehen, Miranda! Sie sehen wunderschön aus.« Das war einfach dahingesagt, zeigte aber sofort Wirkung bei Miranda, deren Herz bei dem harmlosen Küsschen sofort schneller schlug. Sie hoffte, dass Tom es nicht bemerkte. Sie konnte sich nicht erinnern, dass jemand sie schon einmal als »wunderschön« bezeichnet hatte. Aber heute fühlte sie sich in der Tat schön. Das muss an den Kontaktlinsen liegen, überlegte sie.

»Ja, freut mich auch, dass es so schnell geklappt hat«, entgegnete sie etwas unbeholfen.

»Ich hätte Sie gerne in ein schickes Café eingeladen«, fuhr Tom fort, »aber leider haben wir hier so etwas nicht. Wir haben aber eine Art Lazarett-Café, da ist es immerhin netter als in meinem Zimmer oder im Aufenthaltsraum.«

»Ein Lazarett-Café?«

»Na ja, mit lauter Kranken eben. Sind Sie bereit, dort mit mir hinzugehen?«

»Ja, natürlich. Sehr gerne.«

Als die beiden über den Hof liefen, stellte Miranda erstaunt fest, dass die Klinik so groß war wie ein ganzes Dorf. Es gab einen eigenen Laden, einen Frisör, ein Restaurant und eben auch ein Café.

»Stört es Sie, wenn ich unser Gespräch aufnehme? Dann muss ich mir keine Notizen machen und kann mich besser auf unsere Unterhaltung konzentrieren«, sagte Miranda, sobald sie Platz genommen hatten.

»Aber gerne, kein Problem. Lassen Sie uns aber erst mal an der Theke den Kuchen aussuchen, ja? Der sieht zwar nicht sehr appetitlich aus, ist aber genießbar.«

Als endlich beide vor einem großen Stück Erdbeertorte und einer dampfenden Tasse Kaffee saßen, begann Miranda mit der Befragung.

»Also Tom, fangen wir an. Zunächst einmal eine ganz banale Frage: Wie geht es Ihnen heute?«

»Heute geht es mir blendend. Ich sitze mit einer schönen Frau bei Kaffee und Kuchen in der Sonne und genieße mein Leben.«

»Tom, bitte etwas ernsthafter! Wie geht es Ihnen gesundheitlich? Würden Sie sich selbst als geheilt bezeichnen?«

»Geheilt? Oh ja, ich hatte eine kleine Erkältung in der letzten Woche. Die ist jetzt aber überstanden. Insofern bin ich geheilt.«

»Tom, bitte …! Wir sind hier in einer Psychiatrie. Warum, glauben Sie, sitzen Sie hier?«

»Wenn ich mich recht erinnere, dann war das der Doppelmord vor 30 Jahren.«

»Der Mord an Ihren Pflegeeltern John und Betty Miller, genau. Sie kamen im Alter von vier Jahren zu den Millers. Was können Sie mir über die Zeit bei Ihren Pflegeeltern sagen?«

Der Gesichtsausdruck von Tom veränderte sich schlagartig. Er atmete einmal tief durch. Seine Stimmung war jetzt nicht mehr so fröhlich und unbeschwert wie am Anfang des Gesprächs.

»Stellen Sie sich vor, Sie sind unter Wasser und können nicht atmen. Können Sie sich das vorstellen?«

»Ähm ja, ich denke schon.«

Tom sah Miranda eindringlich an.

»Ich meine nicht nur, dass man mal kurz unter Wasser ist. Sondern es ist so, als wären Sie kurz vor dem Ersticken. Bitte stellen Sie sich das vor!«

»In Ordnung.« Miranda schloss die Augen und konzentrierte sich ganz auf das Gefühl, keine Luft zu bekommen.

»Kurz bevor Sie tatsächlich ersticken, entwickelt Ihr Körper Kiemen. Damit gelingt es Ihnen, in ganz geringem Umfang Luft aus dem Wasser aufzunehmen. Gerade so viel, dass Sie zwar nicht ersticken, aber Sie können immer noch nicht richtig atmen. Mit der Zeit finden Sie heraus, wo die Wasseroberfläche ist, und kommen mit dem Kopf darüber. – Endlich wirklich Luft holen! Die Euphorie darüber durchflutet Ihren ganzen Körper. Gerade als Sie beginnen, die Lungen zu füllen, werden Sie von einer riesigen Hand erneut unter Wasser gedrückt. Wenn sich das jedes Mal, wenn Sie auftauchen, wiederholt, wird zunächst die Euphorie beim Auftauchen verebben und später versuchen Sie es gar nicht mehr. So in etwa habe ich mich während meiner gesamten Kindheit und Jugend gefühlt.«

Miranda schaute Tom betroffen an.
»Das ist ein sehr plastisches Bild, das Sie da zeichnen.« Sie fühlte sich, als habe man ihr selbst gerade die Luft abgedrückt. »Ich nehme an, die Hand, von der Sie sprechen, das waren Ihre Pflegeeltern? Oder Ihr Pflegevater?«
»Nicht nur, ich möchte nicht alles auf sie abwälzen. Ich hatte überall, wo ich hinkam, Probleme mit anderen Menschen. Es lag nicht an den Millers, es lag in erster Linie an mir.«
»Wie meinen Sie das, es lag an Ihnen? Um in dem Bild zu bleiben: Was hätten Sie tun können, um nicht wieder unter Wasser gedrückt zu werden?«
Tom schien über die Frage erstaunt zu sein. Und Miranda wurde auf einmal klar, wie sensibel seine Gesichtszüge waren. Zunächst hatte sie nur den muskulösen, nach außen hart wirkenden Mann gesehen. Jetzt sah sie ihn mit anderen Augen und merkte, dass er ihr gerade sein Innerstes geöffnet hatte, und das rührte sie zutiefst.
»Um in dem Bild zu bleiben, Miranda: Ich hatte Kiemen. Ich hätte ein Fisch werden können und nie wieder auftauchen müssen. Verstehen Sie? Ich wäre ein Fisch unter Fischen gewesen.«

Miranda schaute auf ihren Notizblock. Tom sollte nicht merken, wie sehr sie seine Worte berührten. Sie räusperte sich und versuchte in neutralem Ton weiterzusprechen.

»Was hat sich für Sie durch die Therapie verändert, Tom?«

»Ich habe besser verstanden, was mit mir los ist. Dass mir etwas Lebenswichtiges fehlt, etwas wie die Luft zum Atmen eben. Ich weiß jetzt, dass ich deswegen immer diesen Hass in mir hatte. Weil man mir immer Anerkennung, Liebe und Vertrauen vorenthalten hat.«

»Und seit Sie das wissen, empfinden Sie keinen Hass mehr?«

»Nein, die Erkenntnis war nur der erste Schritt. Natürlich habe ich das immer noch in mir. Ich renne nur nicht mehr herum und bringe sinnlos Leute um.«

»Ihre Ärztin sagte auf der Konferenz, Sie seien erfolgreich therapiert worden. Warum sind Sie dann immer noch hier?«

»Verena betrachtet mich als geheilt. Ich bin mir da nicht so sicher. Aber ich will ihr den Erfolg nicht streitig machen, wissen Sie.«

Tom lächelte jetzt komplizenhaft und Mirandas Herz schlug erneut schneller, ohne dass sie etwas dagegen tun konnte. Ihr war klar, dass dieser Mann eine besondere Wirkung auf sie ausübte. War es der intensive Blick, von dem sie glaubte, Tom würde damit direkt in ihr Innerstes schauen? Schwer zu sagen, woran es lag, aber sie fand ihn auf eine sehr körperliche Art attraktiv.

Kapitel 8

»Wer war das?«

»Was meinst du?«

»Stell dich nicht so an, Tom. Du weißt genau, was ich meine. Mit wem warst du heute Nachmittag im Café?«

»Aha, Frau Doktor spioniert mir wieder nach. Was stört dich an einer harmlosen Tasse Kaffee? Bist du etwa eifersüchtig?«

Tom lehnte sich auf seinem Stuhl zurück und grinste Verena Cage an, die vor ihm stand. Sie hasste es, wenn er sich so benahm.

»Mach dich nicht lächerlich. Ich kann genauso gut an der Pforte nachfragen, wer heute als Besucher zu dir gekommen ist.«

»Stimmt, ich bin ja hier eingesperrt. Gut, dass du mich daran erinnerst, das hätte ich fast wieder vergessen.«

»Tom, bitte! Name und Grund für den Besuch hätte ich gerne.«

»Okay, dann werden wir jetzt ganz förmlich. Die Dame heißt Miranda Adams. Sie ist Rechtsanwältin und interessiert sich für einen Perversen wie mich. Sie will ein Buch schreiben.«

»Ein Buch über dich?«

»Nein, nicht nur. Sie sammelt verschiedene Fälle, denke ich.«

»Wenn sie etwas über dich schreiben will, sollte sie erst mal mit mir sprechen.«

»Findest du?«

»Ja, ich bin deine behandelnde Ärztin. Von mir kann sie mehr über deinen Zustand erfahren als bei Kaffee und Kuchen mit dir.«

»Du willst sagen, dass du mich besser kennst als ich mich selbst?«

Tom lächelte erneut amüsiert.

»Tom, ich mache keine Scherze. Bevor sie etwas veröffentlicht, sollte sie mit mir reden. Ich bitte dich, ihr das zu sagen.«

»Kannst du das nicht selber tun? Ich kann dir ihre Telefonnummer geben.«

Tom stand auf und ging zu dem kleinen Schreibtisch in seinem

Zimmer. Im Stehen war er gut einen Kopf größer als Verena und er merkte, dass ihm diese Position besser gefiel.

»Ich werde sie nicht anrufen, Tom. Du wirst ihr sagen, dass sie mit mir sprechen soll, wenn sie ein Buch veröffentlichen will. Haben wir uns verstanden?«

»Schade, sie würde sich über deinen Anruf sicher freuen.«

Tom setzte sich nicht mehr auf den Stuhl, sondern blieb vor Verena stehen. Er schaute auf sie herab. Verena spürte den feindseligen Blick, ließ sich davon aber nicht beeindrucken. Sie war die Ärztin und er der Patient.

»Noch etwas, Tom. Wenn irgendetwas passiert, kann ich dir nicht noch einmal helfen. Also sei bitte vorsichtig.«

»Was soll denn passieren?«

»Du weißt genau, was ich meine.«

Mit diesen Worten verließ Verena Toms Zimmer. Tom schaute ihr nach. Er hasste es, dass diese Frau Macht über ihn hatte. Gleichzeitig wusste er, dass sie aufeinander angewiesen waren. Sie brauchte ihn so, wie er sie. Sich hin und wieder aus ihrem dichten Netz an Kontrolle und Überwachung zu befreien, war für ihn der einzige Spaß, den er mit Verena hatte. Denn er wusste, wie sie das ärgerte.

Kapitel 9

Wie fast jeden Sonntag waren Miranda und Viktor zum Mittagessen bei Mirandas Eltern. Ihre Mutter Lisbeth hatte wieder einmal sehr aufwändig gekocht, sodass Miranda wie stets ein schlechtes Gewissen bei der Vorstellung hatte, dass sie den ganzen Vormittag in der Küche gewesen war. Sie half ihrer Mutter beim Tischdecken, während Viktor und ihr Vater John wie so häufig in juristische Fachgespräche verwickelt waren. Sie hörte den beiden Männern mit einem Ohr zu. Warum fragte ihr Vater nie sie nach ihrer Meinung, sie war selbst Juristin. Zwar war sie nicht Richterin geworden, so wie sie sich das gewünscht hatte. In Wahrheit hatte sie das Studium nur gerade so bewältigt, aber immerhin hatte sie es geschafft, und wünschte sich jetzt so sehr, dass ihr Vater ein bisschen stolz auf sie wäre.

Miranda dachte zurück an ihr Gespräch mit Tom Westwood und musste lächeln. Sie fühlte sich wie ein Teenager, der zum ersten Mal Haschisch geraucht hat, als ob sie etwas Gefährliches und Verbotenes getan hätte. Was würden ihre Eltern sagen, wenn sie davon wüssten?
»Miranda, mein Kleines, was freust du dich so? Hast du ein Geheimnis?«, hörte sie ihren Vater fragen.
»Wieso Geheimnis? Wie kommst du darauf?«
»Früher, wenn du so verschmitzt gelächelt hast, hattest du immer ein Geheimnis. Du wolltest es uns nie verraten, aber hast es dann natürlich doch getan. Nicht wahr, Lisbeth?«
»Ja, das stimmt. Als Kind konnte man in dir lesen wie in einem offenen Buch. Selbst bei Geheimnissen wusste man immer, was los war«, sagte ihre Mutter und lachte.
Miranda war überrascht, dass ihr Vater ihren Blick überhaupt bemerkt hatte. Sie hatte immer gedacht, er würde sie ignorieren.
»Heute habe ich keine Geheimnisse mehr«, sagte Miranda und Viktor legte sanft seinen Arm um ihre Hüften.

»Wie ein offenes Buch bist du aber auch nicht gerade. Du bleibst für mich immer geheimnisvoll«, sagte Viktor und küsste Miranda auf die Stirn.

Nachdem der Vater das Tischgebet gesprochen hatte, begannen alle mit dem Essen. Vor allem Viktor und Miranda lobten ausgiebig die Kochkünste der Mutter.

»Ist schon gut, ihr Lieben. Ich habe ja nur die Reste der Woche verwertet.«

Miranda musste grinsen angesichts dieser offensichtlichen Untertreibung.

»Sag mal, Miranda, hast du Lucas eigentlich in letzter Zeit mal besucht?«

»Nein, ich habe ihn ehrlich gesagt schon ewig nicht mehr gesehen. Warum fragst du?«

Miranda hatte sofort ein schlechtes Gewissen. Sie hatte kurz daran gedacht, bei Lucas vorbeizuschauen, als sie das Gespräch mit Tom beendet hatte. Er war ebenfalls Patient in der Klinik. Aber dann hatte sie sich nicht getraut, die Enttäuschung war immer zu groß.

»Ich habe kürzlich Mary-Anne getroffen, die Arme! Wusstest du, dass ihre Tochter Charlotte bei einem Unfall ums Leben gekommen ist?«

»Nein, das wusste ich nicht. Wann ist das denn passiert?«

»Bereits vor einem halben Jahr. Die Beerdigung fand im engsten Familienkreis statt, sonst hätten wir natürlich davon erfahren. Ist das nicht furchtbar? Ein Sohn erkrankt und die Tochter bei einem Unfall verstorben. Was für ein grausames Schicksal!«

»Ja, das ist wirklich fruchtbar. Wie geht es ihr denn?«

»Sie wirkte gefasst, aber auch irgendwie zutiefst traurig. Ich hätte ihr gerne geholfen, aber in einer solchen Situation, was soll man da sagen? Das ist einfach Schicksal.«

Lucas war der erste Junge gewesen, in den Miranda sich in der Schule verliebt hatte. Immer wieder kam ihr später der Gedanke, dass sie ihn hätte retten können. Natürlich war das völliger Unsinn. Sie konnte nichts dafür, dass Lucas immer weiter in seine Krankheit abglitt. Zu Anfang hatte sie ihn noch regelmäßig in der Klinik besucht, dann immer seltener und jetzt war es sicher schon fünf Jahre her, dass sie sich das letzte Mal gesehen hatten. Sie war so in diese Gedanken versunken, dass sie zuerst gar nicht hörte, wie ihre Mutter weitersprach.

»Sie sagt, es gehe ihm wieder schlechter. Er war beim letzten Besuch so unruhig und er hört wieder Stimmen. Sie war ganz verzweifelt und glaubt, dass er in der Klinik vielleicht nicht die richtigen Medikamente bekommt.«

»Das kann ich mir nicht vorstellen. Wahrscheinlich ist das nur wieder so ein Schub. Die Klinik wird von Frau Dr. Cage geleitet, die soll sehr kompetent sein.«

»Kennst du sie denn?«

»Nein, nicht persönlich. Aber ich habe neulich einen Vortrag von ihr gehört. Sie soll einen guten Ruf haben. Ich werde Lucas mal besuchen. Es ist wirklich zu lange her, dass ich da war.«

Das Gespräch bei Tisch drehte sich jetzt um andere Themen, aber Miranda ging der Gedanke an Lucas nicht aus dem Kopf. Viktor spürte, dass seine Frau bedrückt war. Auch er wusste um seine Geschichte, auch wenn er ihn selbst nie kennen gelernt hatte.

»Weißt du, was ich glaube, Miranda?« Viktor und Miranda saßen nach dem Mittagessen mit anschließendem Kaffee wieder im Auto zurück nach Hause.

»Was denn?«

»Ich glaube, deine Faszination für psychisch gestörte Gewalttäter hat mit diesem Lucas zu tun.«

»Ach was, das ist doch Unsinn. Lucas ist doch gar nicht gewalttätig, er ist völlig harmlos.«

»Ja, aber du interessierst dich doch für unerklärliche Verhaltensweisen. Serienmörder sind ja nur ein besonders krasser Fall. Auch sonst hast du dich doch immer für Psychologie interessiert, oder? Vielleicht hat es damit zu tun, dass du letztlich nicht damit zurechtkommst, dass du diesem Lucas nicht helfen konntest.«

»Das erscheint mir ehrlich gesagt ziemlich weit hergeholt. Ich meine, du hast schon recht, dass mich das damals ziemlich belastet hat. Es ist schwer erträglich, wenn man glaubt, man kennt jemanden, und derjenige sich so verändert, plötzlich gesteuert ist von irrealen Einflüssen, die von außen zu kommen scheinen. Wie etwa, dass man Stimmen hört, die es gar nicht gibt. Das muss furchtbar sein, oder?«

»Ja, ich denke, das ist für uns gar nicht vorstellbar. Willst du ihn denn wirklich mal wieder besuchen?«

»Ich weiß es nicht genau. Vielleicht schon.«

Kapitel 10

Jason schloss die Haustür hinter sich. Kaum im Wohnzimmer angekommen, überkam ihn ein bekanntes Gefühl von Leere und Traurig-
keit. Wie üblich hatte er kaum etwas zu essen im Haus. In Gedanken
war er immer noch bei seinem Arbeitstag. Er hatte es nicht glauben
können, als er die Ermittlungsakte von Tom Westwood in die Hand
bekommen hatte. Die Tötungsart war identisch, nämlich durch den
Galgen. Genauer gesagt waren die Eltern von Tom durch Ersticken
gestorben, da der Strick das Genick nicht gebrochen hatte, während
Martha das etwas gnädigere Schicksal hatte und durch den Genickbruch sofort tot war. Aber in beiden Fällen die gleiche Tötungsart, das
lenkte den Verdacht natürlich auf Tom, auch wenn dieser ein Alibi für
die Tatzeit hatte. Aber war die Aussage von Frau Dr. Cage überhaupt
etwas wert? Jason hatte jedenfalls seine Mitarbeiterin Tony noch am
Abend damit beauftragt, die Außenkontakte von Tom zu überprüfen.
Dazu gehörten sein Bruder Steve Bold sowie dieses Anti-Gewalt-Projekt, von dem auf der Konferenz gesprochen worden war. Vielleicht
würde Tony ja etwas über Tom herausfinden, das sie weiterbrachte. Er
dachte an das Gespräch mit Dr. Cage. Irgendwie hatte er das Gefühl,
etwas Wichtiges übersehen zu haben. Die Unterhaltung war insgesamt
so merkwürdig verlaufen. Auch der Auftritt von Tom bei dem Kongress
ging ihm einfach nicht aus dem Kopf. War es seine Menschenkenntnis,
die ihm sagte, dass mit diesem Tom und seiner Ärztin irgendetwas
nicht stimmte, oder waren ihm die beiden einfach nur unsympathisch?
Verena Cage hatte sich vor Tom gestellt wie eine Löwin. War es ihr dabei wirklich um ihn gegangen, darum, dass ein geheilter Patient nicht in
Verdacht gerät, erneut straffällig geworden zu sein? Oder war Tom nur
einfach ein Baustein in ihrer Karriere? Sein Auftritt bei dem Kongress
hatte in der Fachwelt Eindruck gemacht, daran bestand kein Zweifel.
Was, wenn der Vorzeigepatient gar nicht so vorzeigbar war? Würde
das nicht ein schlechtes Licht auf den Therapieerfolg von Frau Doktor

werfen? Doch war Jason klar, dass dieses ganze Psycho-Umfeld einfach nicht sein Bereich war. Vor dem Gespräch mit Verena war er nie persönlich in einer psychiatrischen Anstalt gewesen. Vielleicht wäre es gut, mal mit dem Polizeipsychologen über die ganze Sache zu sprechen.

In dem Moment klingelte das Telefon. Da es vorher vollkommen still gewesen war, schreckte Jason auf. »Klein«, meldete er sich.

»Dachte ich mir doch, dass ich dich zu Hause erreiche! Gerade sagte ich zu Barbara, wenn er nicht im Büro ist, kann er nur zu Hause sein.«

»Hallo Jack. Was gibt's? Ist was passiert?«

»Nein, keine Sorge, Chef. Es ist nichts passiert. Ich habe lediglich einen Vorschlag für dich, wie du deinen heutigen Abend besser verbringen kannst als zu Hause. Barbara ist gerade dabei, etwas total Leckeres zu kochen, und ich dachte, vielleicht willst du zu uns rüberkommen?«

»Das ist nett von dir, Jack, aber ich weiß nicht. Ich habe noch einiges zu tun und bin ziemlich müde … «

»Hör mal, alter Junge! Wie häufig warst du seit deiner Scheidung abends mal woanders als zu Hause? Kannst du das an einer Hand abzählen oder brauchst du noch die zweite?«

»Warum? Wie meinst du das?«

»Jason, du musst unter Leute kommen«, sagte Jack sehr nachdrücklich und bestimmt. »Heute ist ein idealer Tag, die Kinder sind zum Sleep-over, wir haben also ausnahmsweise Ruhe in der Bude. Also, wir akzeptieren kein Nein. Gib dir einen Ruck und komm her. Alleine können wir das alles sowieso nicht aufessen.«

Jack war für Jason nicht nur ein Mitarbeiter, sondern ein guter Freund. Er mochte den Texaner und war sowohl beruflich als auch privat gern mit ihm zusammen. Eigentlich war er der wichtigste Mensch in seinem Leben, auch wenn er sich das nicht zugestehen wollte.

»Also gut, du hast gewonnen, ich komme. Aber beschwert euch nicht, wenn ich kein besonders unterhaltsamer Gast bin!«

»Kein Problem, wir kennen dich ja.«

Barbara Bernard öffnete Jason die Tür. »Schön, dich mal wieder zu sehen, Jason! Komm doch rein, ich stelle dich meiner alten Schulfreundin Susan vor.« Wie immer hielt Barbara sich nicht lange mit Höflichkeitsfloskeln auf, sondern führte Jason ins Wohnzimmer, wo der Tisch bereits gedeckt war.

»Susan, das ist der Chef meines Mannes. Der legendäre Jason Klein.«

Die Schulfreundin Susan war schlicht gekleidet, etwas rundlich, aber mit einem offenen und freundlichen Gesichtsausdruck. Ihre schwarzen Haare waren glatt und schulterlang. Sie sah sympathisch aus, dennoch war Jason die Situation unangenehm. Warum hatte Jack ihm nicht gesagt, dass sie Besuch hatten? Er hatte gedacht, dass er den Abend mit Jack und Barbara verbringen würde, und jetzt war hier noch eine fremde Frau. Plötzlich wurde er sich seiner abgewetzten Cordhose bewusst. Sicher würde diese Frau gleich kritisch ihren Blick über seine Garderobe streifen lassen, denn sie selbst war geschmackvoll gekleidet, schlicht und doch irgendwie elegant. Doch statt ihn zu mustern, schaute Susan ihn lächelnd an.

»Freut mich, Sie kennen zu lernen«, sagte sie und reichte Jason die Hand. Es war ein kräftiger Händedruck. »Haben Sie auch solchen Hunger? Es riecht köstlich, oder?«

Erst jetzt nahm Jason den Geruch aus der Küche wahr. Das Essen war praktisch schon fertig. Barbara hatte offensichtlich darauf vertraut, dass er gleich kommen würde, oder die Idee, ihn einzuladen, war den beiden erst in letzter Minute gekommen. Aber das war dann auch egal, er hatte tatsächlich Hunger. Wie zur Bestätigung knurrte sein Magen. Susan lachte. »Genau so geht es mir auch!«

Barbara hatte Steaks mit Kartoffelgratin und Bohnen gemacht. Sie kam mit den dampfenden Tellern und noch umgebundener Schürze in das Esszimmer.

»Setzt euch, wir fangen gleich an. Alle Steaks sind rosa gebraten. Ich hoffe, das ist in Ordnung. Einzelbestellungen kann ich leider nicht erfüllen. Beim Rotwein könnt ihr euch am besten selbst bedienen.«

Sie deutete auf die geöffnete Flasche, die mitten auf dem Tisch stand, dann verschwand sie in der Küche, um ihre Schürze abzubinden. Barbara war eine gute Köchin und sie liebte es, mit mehreren Leuten gemeinsam zu essen. Bei ihr gab es nie Vorspeisen oder gar einen Aperitif, sondern sie kam, wie es ihre Art war, immer gleich zur Sache. In diesem Fall zur Hauptspeise, die deftig und schmackhaft war.

Das Essen schmeckte Jason so gut wie lange nicht mehr. Alle lobten das Fleisch, das innen zart und außen kross war. Dabei unterhielten sie sich über Kochrezepte und Ernährungsgewohnheiten. Jack lobte das Essen ganz besonders. Diese Art von Hausmannskost war genau nach seinem Geschmack.

»Also ich finde, dass jeder, der dieses köstliche Steak und den Rotwein miteinander teilt, sich auch duzen sollte«, sagte Jack in die Runde.

»Das würde ich zwar nicht in jedem Einzelfall so sehen, aber in diesem Fall gerne«, sagte Susan und hielt Jason aufmunternd ihr Weinglas hin. Jason brauchte ein paar Sekunden, bis er begriffen hatte. Dann nahm auch er sein Weinglas und stieß mit Susan an.

»Gerne, natürlich! Mein Name ist Jason.«

»Susan.«

Im Gespräch stellte sich heraus, dass Susan Paartherapeutin war.

»Durch meine eigene gescheiterte Ehe habe ich allerdings mehr über Beziehungsprobleme gelernt als im Studium«, sagte sie lachend und griff nach ihrem Glas.

»Ist es denn nicht frustrierend, immer diese zankenden Paare um sich zu haben?« Für Jack waren Streitigkeiten an sich schon angsteinflößend.

»Nein, gar nicht. Ich bin ja Psychologin und insofern interessiert an den Menschen. Oder sagen wir besser, an den menschlichen Problemen. Das Gute an der Paartherapie ist, dass man in der Regel recht schnell zu einer Lösung kommt: Entweder sie versuchen es noch mal oder sie trennen sich eben.«

»Ist das dann eine gescheiterte Therapie, wenn das Paar sich scheiden lässt?«, fragte Jack.

»Warum sollte es? Eine saubere Trennung ist oft das Beste. Ziel der Therapie ist nicht, die Ehe zu retten, sondern dass sich beide darüber klar werden, was sie wollen, und anschließend wie Erwachsene miteinander umgehen.«

»Wolltest du denn von Anfang an Paartherapeutin werden?«, fragte Jason, nur um sich auch an der Konversation zu beteiligen.

»Oh nein, keineswegs. Ich bin da so reingerutscht. Während des Studiums wusste ich noch nicht so richtig, was ich machen wollte. Zunächst wollte ich Verbrecher therapieren, dann Kinder und beides war irgendwie nicht das Richtige.«

In dem Moment stellte Barbara einen frisch gebackenen Käsekuchen auf den Tisch und verteilte kleine Teller. Obwohl alle betonten, dass sie eigentlich satt wären, konnte dann doch keiner dem noch warmen Kuchen widerstehen.

»Möchte jemand einen Kaffee dazu?«

»Oh ja, sehr gerne!«, kam es von Jason und Jack wie aus einem Munde.

»Warte, Barbara, ich mache den Kaffee. Du kannst sitzen bleiben«, bot Jack sich an und verschwand schnell in der Küche, bevor Barbara protestieren konnte.

»Was meinst du damit, du wolltest eigentlich Verbrecher therapieren?«, fragte Jason neugierig.

»Na ja, ich habe in meinem Studium viel über Profiler und ihre Arbeit gelesen und mich gefragt, ob man Verbrecher wirklich verstehen und dementsprechend vielleicht therapieren kann. Die Frage hat mich immer fasziniert.«

»Aber Verbrecher zu sein ist doch keine Krankheit! Das sind einfach unmoralische Menschen, die sich nicht an Regeln halten«, warf Barbara ein.

»Ich spreche ja nicht von Dieben oder Steuerhinterziehern, sondern von Serienmördern. Die haben doch häufig in der Kindheit selbst Gewalt erfahren und geben das nur weiter. Irgendwie muss es doch gelingen, diesen Teufelskreis zu durchbrechen.«

Barbara schaute noch immer skeptisch.

»Was meinen denn unsere Profis von der Polizei dazu?«, sagte Susan und blickte Jack an, der gerade mit zwei Kaffeetassen zurückkam.

»Was meinen wir wozu?«

»Dazu, ob man Gewaltverbrecher therapieren kann.«

»Also diese Frage ist definitiv zu schwierig für mich. Ich bin ja schon froh, wenn wir die Gewaltverbrecher finden und einsperren können. Was meinst du, Jason?«

Jason schaute den Freund an und griff nach seiner Kaffeetasse. »Unabhängig davon, was wir darüber denken, gibt es jedenfalls in unserem schönen Städtchen Menschen, die Gewalttäter therapieren und an ihren Erfolg glauben. Da sie das mit unseren Steuergeldern tun, hoffe ich mal, dass da auch was dran ist.«

Jack nickte. »Ja, in diesem speziellen Falle und ganz generell hoffe ich das auch!«

»Also, ich kann nur sagen, ihr Männer macht euch das mal wieder zu einfach«, lachte Susan. »Und wie war das mit den Kindern? Warum bist du davon abgekommen, Kinder zu therapieren?«, fragte Jason, der genau zugehört hatte. Er fand die elegante Frau mit dem sympathischen Lächeln jetzt wirklich interessant und wollte mehr über sie erfahren.

»Mein erstes Praktikum, das ich bei einem Schulpsychologen absolvierte, hat mich davon abgebracht. Erwachsene können sich zwar auch manchmal wie Kinder verhalten, aber irgendwie ist es doch leichter mit ihnen.«

Als Susan aufstand, um sich zu verabschieden, stellte Jason überrascht fest, dass fast drei Stunden vergangen waren. Fast noch erstaunter war er darüber, wie sehr er den Abend genossen hatte. Auch er verabschiedete sich und dankte den Freunden für die Einladung. »Wo musst du denn hin, kann ich dich im Auto mitnehmen?«, fragte er Susan beim Hinausgehen.

»Nein, danke, ich bin selbst mit dem Auto hier.« Sie reichte ihm die Hand. »Ich hoffe aber, wir sehen uns bald mal wieder und können unsere Unterhaltung fortsetzen.«

»Natürlich. Sehr gerne.«

»Gute Nacht.«

»Gute Nacht, Susan. Komm gut nach Hause.«

Kapitel 11

Am Nachmittag saß das Ermittlerteam »Martha« erneut zusammen und diskutierte die bisherigen Ergebnisse. Leider hatte es am Tatort so gut wie keine verwertbaren Spuren gegeben. Als Tatzeit wurde etwa 17 Uhr am Nachmittag ermittelt. An die These eines Raubmords glaubte im Team niemand mehr, das Ganze sah zu sehr nach einem inszenierten Mord aus. Im privaten Umfeld der Toten konnten keine verdächtigen Personen gefunden werden, die Zeugenbefragungen hatten dazu nicht allzu viel ergeben. Martha hatte sich vor etwa einem Jahr von ihrem Freund getrennt, der aber inzwischen verheiratet war. In der Klinik waren alle Krankenschwestern und Ärzte vernommen worden, aber die zunächst versuchte Vernehmung der Mitpatienten endete in einer mittleren Katastrophe. Ein Großteil der Zeugenaussagen war ohnehin widersprüchlich und die Polizeipsychologin Dr. Kristin Spencer bat die Beamten, die Befragungen zu beenden. Letztlich waren die Aussagen juristisch ohnehin nicht zu verwerten.
Eine Patientin mit Namen Dorothee sagte aus, dass Martha und Tom ein Verhältnis gehabt hätten. Sie seien regelmäßig im Park verschwunden und hätten sich dort »sexuell betätigt«, so die Worte der alten Dame. Tom hatte nur gelacht, als die Polizisten ihn danach befragten.
»Da ist wohl die Phantasie mit der guten alten Doro durchgegangen«, war seine lapidare Antwort.
»Diese Leute sind alle auf die eine oder andere Weise durchgedreht. Wie sollen wir unterscheiden, was der Realität und was ihrer verschrobenen Phantasiewelt entspringt?« Jack raufte sich die Haare.
»Dennoch, es passt mir nicht, dass dieser Tom immer wieder auftaucht. Wie ihr wisst, ist die Tötungsart identisch. Sowohl bei seinen Pflegeeltern als auch bei Martha wurde das Opfer durch einen Galgen getötet. Kann das denn Zufall sein?«

»Die Tötung durch Galgen in beiden Fällen deutet aber nicht unbedingt auf denselben Täter hin«, warf Kristin Spencer ein.

»Wie meinst du das?«, fragte Jack.

»Ich meine, dass es aus Sicht des Täters keineswegs das Gleiche ist, ob jemand durch Genickbruch am Galgen stirbt oder ob er am Galgen erstickt. Im ersten Falle ist das Opfer sofort tot, es handelt sich um eine sehr effiziente Tötungsart, die auch früher bei der Todesstrafe in unserem Lande angewandt wurde. Im zweiten Falle stirbt das Opfer langsam und qualvoll. Tom Westwood wollte keinen schnellen Tod der Pflegeeltern, er wollte sie quälen, es war eine Art Abrechnung mit ihnen.«

»Das leuchtet mir ein«, sagte Tony. »Dann war es vielleicht nicht der gleiche Täter, sondern jemand, der den Mord von damals nachahmen wollte?«

»Ein Nachahmungstäter nach 30 Jahren? Das scheint mir etwas spät zu sein«, entgegnete Jack.

»Aber es könnte doch sein, dass Tom von dem Mord berichtet hat und sich jemand dadurch inspiriert fühlte.«

»Du denkst also an jemanden aus der Klinik?«

»Ich weiß ja nicht, mit wem er sonst noch Kontakt hatte. Aber vielleicht tatsächlich jemand aus der Klinik.«

»Apropos, Tony! Hast du seine Außenkontakte überprüft?«, warf Jason ein.

»Sagen wir, ich habe es versucht. Mit dem Anti-Gewalt-Projekt bin ich noch nicht weitergekommen, aber über seinen Bruder Steve Bold habe ich die Akte vom Jugendamt bekommen. Seine Eltern waren schwer drogensüchtig und haben ihn vernachlässigt. Er war völlig unterernährt und hatte Ausschlag am ganzen Körper, als er zu seinen Pflegeeltern Betty und John Miller kam.«

»Also war Tom auch vernachlässigt worden?«

»Nein, er wohl nicht. Die beiden sind keine leiblichen Brüder. Sie haben nur beide bei den Millers gelebt. Bei Tom lag der Fall anders. Die Eltern haben ihn zur Adoption freigegeben. Warum sie ihn nicht haben wollten, wissen wir nicht. Bevor er zu den Millers kam, hat er im Kinderheim gelebt. Aber er hatte keine Anzeichen von Vernachlässigung, als er zu ihnen kam.«

»Er hat die Millers aber erst getötet, als er schon nicht mehr dort lebte, richtig?«

»Ja, genau. Tom war schon aus dem Haus. Er war knapp 20, als er ihnen überraschend einen Besuch abstattete, der für die Millers tödlich endete.«

»Was mag da vorgefallen sein im Hause Miller?«, fragte Jason nachdenklich.

»Genaues wissen wir nicht. Sie hatten vor Tom und Steve schon Dutzende andere Kinder. Die Millers haben die Kinder nicht adoptiert, sondern hatten sie immer nur zur Pflege. Es waren wohl einige Härtefälle darunter.«

»Aber aus reiner Nächstenliebe haben die das nicht gemacht, oder?«

»Vermutlich nicht. Sie hatten Geldprobleme. John Miller war nach einem Arbeitsunfall Frührentner. Tom und Steve waren die letzten Kinder, die sie aufnahmen, da waren beide schon über 60 Jahre alt. Erstaunlich, dass das Jugendamt da überhaupt noch Pflegekinder vermittelt hat.«

»Gab es Missbrauchsvorwürfe?«

»Das Jugendamt weiß von nichts. Sie weisen jede Schuld zurück. Die Millers seien immer gute Pflegeeltern gewesen, sagen sie.«

»Ist dieser Steve Bold denn irgendwann mal auffällig geworden?«

»Nein, gegen ihn liegt nichts vor. Noch nicht einmal eine Ordnungswidrigkeit.«

»Dann schlage ich vor, wir beide, Jack, fahren da jetzt mal hin. Vielleicht kann er uns ja was Interessantes erzählen. Komm, Jack, schwing dich auf!«

Kapitel 12

»Meinst du denn, dass er überhaupt schon zu Hause ist?«, fragte Jack seinen Vorgesetzten, als sie aus dem Auto ausstiegen. Das Viertel war eindeutig nicht als wohlhabend zu bezeichnen und Jack hoffte sehr, dass sie nicht noch einmal hierherkommen müssten.

»Frau Doktor sagte, er arbeitet in einem Lager. Ich denke, dass man da früh am Morgen anfängt und früh wieder aufhört, oder?«

»Vermutlich hast du recht.«

Steve Bold öffnete den beiden Männern wenige Sekunden nach dem Klingeln der Tür. Er sah erstaunt aus, fast erschreckt.

»Kommissar Klein, das ist mein Kollege Jack Bernard. Können wir Sie kurz sprechen? Es geht um Tom Westwood.«

»Äh, ja … natürlich. Kommen Sie rein.«

Die Wohnung war spärlich möbliert und wirkte merkwürdig steril. Sie strahlt kaum mehr Gemütlichkeit aus als ein Krankenhauszimmer, dachte Jason. Die drei Männer nahmen am Küchentisch Platz. Steve Bold machte keine Anstalten, den beiden etwas zu trinken anzubieten.

»Wir ermitteln im Mordfall Martha Woods, vielleicht haben Sie davon gehört?«, begann Jason die Unterhaltung.

»Habe ich gelesen.«

»Dann wissen Sie vermutlich auch, dass sie Krankenschwester im Grand River State Hospital war, das ist die Klinik, in der auch Tom Westwood untergebracht ist.«

»Ja, das weiß ich.«

»Hat Tom Westwood Ihnen gegenüber jemals Frau Woods erwähnt?«

»Nein.«

»Aber Sie haben doch Kontakt zu ihm?«

»Ja.«

»Was können Sie uns sonst über Herrn Westwood sagen?«

»Warum? Was hat er damit zu tun?«

Jason begegnete dem Blick seines Kollegen nur für den Bruchteil einer Sekunde und wusste dennoch sofort, dass er das Gleiche dachte wie er. Es war fast dieselbe Frage, die Verena gestellt hatte. Warum nur sollte Tom geschützt werden?

»Wann haben Sie ihn zuletzt gesehen?«

»Letzte Woche. Aber er war es nicht.«

»Woher wissen Sie das?«

»Tom macht so etwas nicht. Er bringt niemanden um.«

»Wie würden Sie ihn beschreiben?«

»Er ist kein Mörder.«

Steve Bold rieb sich die Hände an der Hose. Er war nervös.

»Sie wissen also nichts von einer Beziehung, die er mit Martha Woods gehabt haben soll?« Diese Frage kam von Jack.

Steve Bold schaute ihn überrascht an.

»Das kann nicht sein.«

»Wie meinen Sie das?«

»Verena hätte das nicht zugelassen.«

»Verena? Sie meinen seine Ärztin?«

»Ja.«

»Wie meinen Sie das, sie hätte es nicht zugelassen?«

»Sie hätte es nicht gewollt.«

»Wollen Sie damit andeuten, dass Tom Westwood mehr als eine professionelle Beziehung zu Frau Dr. Cage hat?«

»Das kann man so sagen.«

»Haben die beiden eine sexuelle Beziehung?«

»Also, das weiß ich nicht. Ich glaube nicht.«

»Warum nicht? So unattraktiv ist Frau Cage doch nun auch wieder nicht«, versuchte Jack Toms Bruder aus der Reserve zu locken. Er hatte den Eindruck, er müsste ihn schütteln, um ihn zum Reden zu bringen.

»Wissen Sie, wir beide, also Tom und ich, wir sind nicht gerade gut, was Beziehungen angeht.«

»Sie meinen mit Frauen?«

»Ich meine Beziehungen.«

»Warum, denken Sie, hat Tom Westwood seine Pflegeeltern damals umgebracht?«

»Da müssen Sie Verena fragen.«

»Ich will nicht indiskret sein, Herr Bold, aber Sie waren gemeinsam mit Tom in dieser Pflegefamilie. Sie sollten am besten wissen, was sich dort zugetragen hat, oder?«

Steve sah die beiden Männer an. »Hatten Sie auch mal den Gedanken, ihre Pflegeeltern zu töten?«, hatte ihn die Therapeutin damals gefragt. Er hatte den Eindruck, die Polizisten würden das jetzt auch gerne wissen. Natürlich hatte er diesen Wunsch gehabt, bestimmt hundertmal. Aber sein Verhältnis zu den Pflegeeltern war längst nicht so intensiv gewesen wie das von Tom. Tom war ein frecher Junge. Nicht nur frech. Er und John Miller schienen gegenseitig die dunkelsten sadistischen Triebe ineinander zu wecken. Einmal hatte er gesehen, wie Tom seinem Pflegevater den Stuhl unter dem Hintern wegzog, als dieser versuchte, von seinem Rollstuhl an den Küchentisch überzuwechseln. Einmal hingefallen, konnte John Miller nicht mehr alleine aufstehen und Tom saß daneben, ohne zu helfen, bis Betty kam. Er wusste auch, dass Tom von John Miller geschlagen worden war. Je deutlicher er sich dem kleinen Jungen körperlich unterlegen fühlte, umso stärker schlug er zu. Damit der Junge sich nicht wehren konnte, band John ihn fest, bevor er seinen Gürtel holte. Betty war längst überfordert mit allem, was in ihrem Haushalt vor sich ging. Sie versuchte nur noch, niemanden zusätzlich zu reizen und nach außen die Fassade aufrechtzuerhalten

»Herr Bold, ist alles in Ordnung?«, fragte Jack.

»Ja, warum?«

»Haben Sie gehört, was Kommissar Klein Sie gefragt hat?«

»Ich … ich war wohl gerade mit meinen Gedanken woanders. Was haben Sie gesagt?«

»Ich habe gefragt, wo Sie vorgestern zwischen 16 und 18 Uhr waren?«

»Zu Hause. Alleine.«

Jason und Jack wurden im Laufe des Gesprächs mit Steve Bold immer ratloser. Der Mann hinterließ bei beiden ein dumpfes Gefühl. Alles an ihm wirkte so leblos. Ihnen war klar, dass von ihm keine weiteren Informationen zu erwarten waren. Das Gespräch brachte sie nicht weiter. Sie verabschiedeten sich und blieben draußen auf der Straße noch einen Moment stehen.

»Was machen wir jetzt, Chef? Sollen wir noch mal zur Klinik fahren?«

»Das bringt doch nichts, Jason. Lass uns lieber zurück ins Revier fahren und sehen, was der Pathologe zu sagen hat. Ich habe gerade eine SMS bekommen, dass sein Bericht jetzt vorliegt.«

»Okay, dann machen wir das.«

»Moment mal, das war doch Tom Westwood gerade, oder?«

»Der Mann da vorne?«, fragte Jack, der nur einen kräftigen Mann in Jeans und Hemd gesehen hatte. »Bist du sicher?«

»Ja, ich erkenne ihn am Gang. Das muss er sein. Planänderung, Jack, fahre bitte unauffällig hinterher«, sagte Jason in ungewohntem Befehlston.

»Brauchen wir dafür nicht eine richterliche Genehmigung?«

»Das ist ja keine Observation. Wir fahren einfach nur hinterher und sehen, wo er hinwill. Wenn er seinen Bruder besucht, fahren wir gleich wieder ins Revier, aber vielleicht überrascht er uns ja.«

Kapitel 13

Tom bewegte sich eindeutig nicht in Richtung der Wohnung seines Bruders. Er ging zielgerichtet in einen Randbezirk der Stadt. Die beiden Polizisten konnten ihm unauffällig folgen.

»Was ist, wenn er in den Park geht, sollen wir ihm dann auch noch folgen? Mit dem Wagen ist das wohl kaum zu machen«, bemerkte Jack, als Tom sich auf ein Naherholungsgebiet am Rande der Stadt zubewegte.

»Warte, er hat etwas in den Mülleimer geworfen. Das sollten wir uns anschauen.«

Als er außer Sichtweite war, stiegen die beiden Männer aus und inspizierten das Paket. Darin war eine DVD.

»Na, das ist ja sehr interessant. Wollen wir uns mal anschauen, was darauf zu sehen ist?«, fragte Jack seinen Vorgesetzten.

»Er hat die DVD ja offensichtlich sehr gezielt in diesen Mülleimer geworfen. Vielleicht kommt jemand und will sie dort abholen. Lass uns erst mal im Auto warten und sehen, ob jemand danach sucht.«

»Wann werden die Mülleimer eigentlich geleert?«, fragte Jack etwa eine Stunde später.

»Ich nehme an, morgen früh.«

»Sag mal, Jason, was hältst du eigentlich von Barbaras Freundin Susan?«

»Ich fand sie nett. Warum fragst du?«

»Na ja, ich glaube, sie fand dich auch ziemlich nett. Hast du sie denn mal angerufen?«

»Warum sollte ich sie anrufen, ich kenne sie doch gar nicht.«

»Mensch, Junge. Wenn du sie nett findest, kannst du doch mal anrufen, um sie näher kennen zu lernen.«

»Hör mal, es ist nett, dass du mich verkuppeln willst, aber das ist wirklich nicht nötig. Ich will sie nicht anrufen und ich wüsste auch gar nicht, was ich mit ihr besprechen sollte.«

Jack sah seinen Freund und Vorgesetzten erstaunt an.

»Also, du hast wirklich schon länger nichts mehr mit Frauen zu tun gehabt, oder? Du brauchst gar nicht viel reden, du musst nur zuhören.«

Jason hatte tatsächlich auch schon daran gedacht, Susan anzurufen. Ihr Stimme klang noch in seinem Ohr: »Ich hoffe, wir können unsere Unterhaltung fortsetzen«, hatte sie gesagt. Aber ihm war klar, dass er sich nicht trauen würde, den Hörer in die Hand zu nehmen und sich einfach so bei ihr zu melden. Was, wenn sie das nur so dahingesagt hatte? Er wollte nicht weiter über Susan sprechen.

»Weißt du was? Ich würde sagen, wir überlassen dies der Streife, sonst stehen wir hier noch die ganze Nacht. Lass uns stattdessen ins Revier fahren und den Film anschauen.«

»Alles klar, ich wollte schon immer mal mit dir ins Kino.«

Die beiden Männer trauten ihren Augen nicht, als sie sich auf dem alten Recorder im Revier die DVD ansahen. Darauf war eine junge Frau zu sehen, die an Armen und Beinen an einen Stuhl gefesselt war. Die Kamera zeigte genau auf ihr Gesicht. Im Mund hatte sie ein Handtuch, damit sie nicht schreien konnte. Die Augen verrieten Todesangst. Vor ihr erschien ein Mann mit einer Maske über dem Kopf. Er sprach mit ihr, seine Stimme war nur ganz leise zu hören, sodass sie nicht verstehen konnten, was er sagte. Durch eine Tonstudie würde man die Stimme des Täters herausfiltern können, doch jetzt konnten die beiden Polizisten nur an den schreckgeweiteten Augen der Frau erkennen, wovon ihr Peiniger sprach. Die Kamera verharrte in ihrer Stellung, weshalb der Mann kurz aus dem Sichtfeld verschwand, bevor er mit einem Fleischermesser in der Hand wieder auftauchte. Vermutlich hatte er es aus der Küche dieser Wohnung geholt. Die Frau starrte nun auf das Messer und versuchte, sich aus ihrer Fesselung zu befreien. Sie bewegte sich ruckartig, konnte aber die stramme Bindung keinen Millimeter weit lösen. Die beiden Männer ahnten, wie sich die Schnüre immer tiefer in die Haut eingruben und höllische Schmerzen verursachen mussten. Aber das Schlimmste kam erst noch. Der Mann begann der Frau mit dem Messer an Armen und Beinen tiefe Schnitte zuzufügen. In kürzester Zeit war ihre Kleidung mit Blut getränkt. Ihr gerade noch panisch gewesener Blick wurde jetzt glasig, so als wäre sie kurz davor, ohnmächtig zu werden. Oder war sie es schon? Jack und Jason widerstanden dem Impuls, ihre Augen zu schließen oder einfach wegzuschauen. Sie würden sich das zumindest einmal vollständig anschauen müssen.

Als Polizisten der Mordkommission hatten sie schon so einiges gesehen, aber bei diesen Bildern zog sich ihnen der Magen zusammen. Als der Mörder zuletzt der Frau das Messer in den Bauch rammte, war sie vermutlich schon tot oder zumindest bewusstlos. In dem Moment wurde der Bildschirm dunkel und der Film war zu Ende. Die beiden Männer brauchten ein paar Sekunden, um sich zu sammeln.

»Welches perverse Schwein produziert denn so einen Mist?« Es war Jason, der zuerst wieder Worte fand.

»Das war ein echter Mord, oder? Ich meine, so etwas kann gar nicht fingiert sein!« Fast sprach aus Jacks Stimme die Hoffnung, dass sie gerade ein Schauspiel gesehen hätten.

»Ich fürchte auch, dass es ein echter Mord war. Leider gibt es durchaus einen Markt für so was. Sieht aus, als wäre unser Tom ein Kunde für solche Videos. Statt selbst zu morden, schaut er jetzt zu.«

»Oder er ist im Nebenberuf in einen Händlerring verwickelt?«

»Auch das könnte sein. Dann wird das heute Nacht sicher noch jemand aus dem Mülleiner holen. Lass uns die ungeklärten Morde durchgehen und das Foto dieser armen Frau aus dem Film an alle Polizeidienststellen schicken, vielleicht erkennt sie ja jemand.«

Jason und Jack wollten das Büro schon verlassen, da sah Jason einen großen Umschlag auf seinem Schreibtisch liegen.

»Das ist sicher der Bericht des Pathologen. Fast hätte ich den vergessen. Lass mich schnell mal einen Blick hineinwerfen.«

Er öffnete den Umschlag und überflog den Text. Jack sah ihn erwartungsvoll an.

»Gute Nachrichten, Jack. Es wurden DNA-Spuren unter Marthas Fingernägeln gefunden. Wenn dieser Tom also wirklich etwas damit zu tun hat, können wir das beweisen.«

»Das klingt ja mal ausnahmsweise sehr erfreulich. Ich habe den Eindruck, morgen wird ein guter Tag!«

Kapitel 14

»Hallo Frau Smith. Heute früher Feierabend?«
»Nein, leider nicht. Ich wollte nur schnell was essen gehen, Frau Adams. Und Sie?«
»Ich gehe einkaufen.«
»Haben Sie denn schon zu Mittag gegessen?«
»Nein, habe ich noch nicht.«
»Wollen Sie mitkommen? Ich gehe zum Diner um die Ecke für ein schnelles Sandwich. Begleiten Sie mich doch, ich lade Sie ein!« Susan sah Miranda aufmunternd an. »Sie können mir dann auch noch was über die Konferenz erzählen, die ich ja leider verpasst habe.«
»Ja, gerne! Das mache ich. Danke für die Einladung.«
Warum auch nicht, dachte Miranda sich. Sie hatte ja keine Termine heute Nachmittag und einkaufen gehen konnte sie immer noch.

Kaum hatten die beiden Frauen Platz genommen, wurde auch schon ihre Bestellung aufgenommen und der Ober versorgte sie mit Tafelwasser. Susan bestellte zusätzlich ein Glas Orangensaft. Sie hob einladend ihr Glas.
»Wollen wir uns nicht duzen? Ich finde, das macht die Unterhaltung einfacher.«
»Ja, gerne! Miranda ist mein Name, aber das wissen Sie ... also das weißt du ja schon.«
»Und mein Name ist Susan. Also Miranda, dann erzähl mal. Was habe ich auf der Konferenz verpasst?«

Miranda freute sich über die Gelegenheit, von der Konferenz berichten zu können. Ihre Unterhaltung mit Tom und ihre Idee, ein Buch zu schreiben, ließ sie jedoch aus. Sie war sich dessen nicht mehr so sicher, sondern musste erst mal ihre Gedanken sortieren und ihre Pläne für die Zukunft klären. Viktor hatte ja recht mit allem, was er gesagt hatte.

Nach wenigen Minuten der Unterhaltung mit Susan war aber klar, dass beide die gleichen Interessen hatten. Sie aßen ihre Sandwichs und sprachen angeregt über die Klinik in Lansing, psychisch kranke Straftäter und die Möglichkeit von deren Heilung, von der Frau Dr. Cage gesprochen hatte.

»Du liebe Güte, es ist ja schon zwei Uhr, ich muss zurück in die Praxis«, sagte Susan mit Blick auf ihre Armbanduhr und griff nach ihrer Handtasche, um die Rechnung zu zahlen.

»Danke für das interessante Gespräch, Miranda.«

»Ich danke dir für die nette Einladung! Ich werde mich bei Gelegenheit revanchieren.«

»Jederzeit gerne!« Die beiden Frauen standen auf und verließen das Restaurant.

»Was machst du eigentlich beruflich genau? Ich meine, ich weiß, dass du eine Kanzlei hast, aber was ist dein Spezialgebiet? Sind das Gewalttäter?«, fragte Susan noch, als sie bereits vor der Eingangstür standen.

»Nein, ich habe eher Fälle aus dem Privatrecht.«

»Das klingt aber auch spannend.«

»Na ja, eigentlich habe ich Jura studiert, weil ich Richterin werden wollte, so wie im Fernsehen, weißt du. Stattdessen bin ich jetzt mit Nachbarschaftsstreitigkeiten beschäftigt, was nicht ganz so spannend ist.«

»Und ich wollte mal Profilerin bei der Polizei werden und bin jetzt Paartherapeutin«, sagte Susan und beide Frauen lachten.

»Aber der Job macht dir Spaß, oder?«

»Ja, sehr! Die Beziehung zwischen Eheleuten ist oft furchtbar kompliziert, und wenn ich an der ein oder anderen Stelle helfen kann, sie zu verbessern, dann ist das ja schon mal ein Erfolg.«

»Das auf jeden Fall. Zumal es auch eine Prävention von Gewalttaten sein kann, denn die meisten Tötungsdelikte sind ja Beziehungstaten.«

»Da hast du recht. Von dieser Seite habe ich das noch gar nicht betrachtet. Aber das ist ein schöner Gedanke. Bis bald mal wieder, Miranda.«

»Ja, bis bald. Einen schönen Tag noch.«

Kapitel 15

Die Rückmeldung aus einer Polizeidienststelle in Kalifornien kam sehr schnell, bereits am nächsten Morgen war sie da. Amy, die Assistentin von Jason, sammelte alle Informationen und überbrachte sie der Gruppe. Bei der Frau auf dem Video handelte es sich um Jennifer Bates, eine damals 32-jährige selbstständige Altenpflegerin. Der Mord hatte vor fünf Jahren stattgefunden und wurde nie aufgeklärt.

Das gesamte Ermittlerteam empfand diese Nachricht als kleinen Schock. Am frühen Morgen hatten alle sich das Video noch mal angeschaut und alle fühlten sich flau bei dem Gedanken, dass sie bei einem echten Mord zugesehen hatten. Der Mörder war auf dem Video leider kaum zu erkennen, aber die Kollegen in Kalifornien wollten den Fall jetzt neu aufrollen und baten um Übersendung des Films.

»Bleibt also die Frage, wie Tom Westwood an diesen Film gekommen ist und warum er ihn in den Mülleimer geworfen hat. Was sagt eigentlich die Streife?«

»Die Kollegen waren am Park, bis am Morgen die Stadtreinigung den Mülleimer geleert hat. Niemand war gekommen, um die DVD zu suchen«, antwortete Amy.

»Okay, das bedeutet entweder, dass er die DVD wirklich loswerden wollte, oder aber, dass die Übergabe schiefgegangen ist.«

»Ich tippe auf Ersteres«, das war Carl, der jüngste Kollege in der Truppe. »Ich meine, es ist doch irgendwie nachvollziehbar, dass er die DVD nicht in der Klinik wegwerfen wollte. Dort hätten sie andere Durchgeknallte finden und sich anschauen können. Er hat sich das wahrscheinlich illegal besorgt, aber er handelt nicht damit, sondern nutzt es für den Eigenbedarf. Was würde ihm das Geld aus dem Handel auch bringen? Er kommt doch sowieso nie wieder aus der Klinik raus!«

»Klingt nachvollziehbar«, meinte Jack.

»Was haben wir sonst noch an neuen Erkenntnissen?« Jason schaute in die Runde.

»Tony, hast du was herausgefunden zu dem Anti-Gewalt-Programm?«

»Ja, also das ist wirklich eine interessante Geschichte. Ich habe die halbe Stadtverwaltung durchtelefoniert, bis ich jemanden fand, der sich an so etwas erinnern konnte. Tatsächlich hatten die mal ein Programm für Schulen geplant. Dort sollten ehemalige Straftäter von ihren Erfahrungen berichten und so die Kids davon abhalten, eine ähnliche Laufbahn einzuschlagen. Der zuständige Referent meinte, dass Tom als einer der geläuterten Straftäter vorgesehen war. Tatsächlich ist aber die Finanzierung für dieses Programm gestrichen worden, bevor es überhaupt begonnen hat.«

»Verena Cage hat also gelogen, als sie sagte, dass Tom sich in derartigen sozialen Projekten engagiert?«, fragte Jack und sah seinen Chef an.

»Entweder sie hat uns angelogen oder er hat sie angelogen.«

»Wie meinst du das?«

»Es könnte ja auch sein, dass Tom seiner Verena nicht verraten hat, dass das Projekt abgeblasen wurde. Damit hätte er doch immer einen guten Vorwand, das Klinikgelände zu verlassen, wann immer es ihm passt.«

»Ich schätze, wir werden dem Herrn einen Besuch abstatten und ihm ein paar Fragen stellen, oder Chef?«

»Wir nehmen ihn fest«, war die klare Antwort von Jason.

»Meinst du, das reicht für eine Festnahme? Bei ihm besteht nun mal keine Fluchtgefahr!«

»Da bin ich mir nicht sicher. Mein Eindruck ist, dass er aus der Klinik herausspazieren kann, wann immer ihm danach ist. Dieses Tollhaus von Frau Doktor ist doch wohl alles andere als eine geschlossene Anstalt.«

»Glaubst du, Tom hat sich diesen Mord nicht nur angeschaut, sondern selbst damit zu tun? Ist vielleicht sogar der Mörder? Man kann ihn auf dem Video durch die Kapuze ja nicht erkennen.«

»Aber wir haben seine Stimme. Wir sollten auf jeden Fall einen Stimmenvergleich machen.«

»Ehrlich gesagt, Chef, die Stimme auf dem Video klingt nicht wie die von Tom Westwood«, gab Jack zu bedenken.

»Trotzdem, wir lassen das prüfen. Vielleicht ist die Stimme auf dem Film verzerrt. Außerdem sollten wir prüfen, ob es irgendwelche Verbindungen zwischen ihm und dieser Frau Bates gab, also gemeinsamer Wohnort, Schule oder Sonstiges. Carl, kannst du das übernehmen?«

»Klar, Chef.«

»Und was Tom betrifft, besorgen wir uns einen Durchsuchungsbeschluss für sein Zimmer. Wenn wir etwas finden, nehmen wir ihn fest, andernfalls nehmen wir ihn zur Vernehmung mit aufs Revier. Er wird uns zunächst einmal erklären müssen, woher er das Video hat. Vielleicht klärt sich der Mordfall Martha dann ja schon mit dem DNA-Test, den wir als Erstes machen werden.«

Bereits am nächsten Tag lag der Beschluss vor. Jason war sich sicher, dass sie in Toms Zimmer mehr belastendes Material finden würden und er anschließend festgenommen werden könnte. Leider erregte die Durchsuchung des kleinen Krankenzimmers weit mehr Aufmerksamkeit als zunächst gedacht. Während Tom ohne jede Regung im Aufenthaltsraum saß, kamen immer mehr Patienten in sein Zimmer und wollten die Polizei daran hindern, die Schränke zu inspizieren. Eine Patientin reagierte auf den deutlichen Hinweis, dass sie das Zimmer zu verlassen habe, mit einem Schreikrampf, der den Rest der Station endgültig in Alarmstimmung versetzte. Auch die Schwestern waren genervt, allerdings tauchte Verena Cage nicht auf. Möglicherweise war sie heute nicht im Hause.

Das Team hatte das Krankenzimmer schnell durchsucht und am Ende nichts gefunden, weder Videos noch verdächtige Utensilien. Dieses Zimmer enthielt überhaupt keine persönlichen Gegenstände, keine Bücher, keine Briefe, keine Fotos, keine Andenken, und außer ein paar Kleidern waren die Schränke leer. Der Raum erweckte den Eindruck, als wäre hier jemand nur ein paar Tage zur Behandlung und nicht lebenslänglich untergebracht. Jason musste irgendwann akzeptieren, dass nichts zu finden war. Er ging auf Tom Westwood zu, der ihn anlächelte.

»Na, Herr Kommissar, haben Sie gefunden, was Sie haben wollten?«

»Herr Westwood, ich muss Sie bitten, mit uns zu kommen. Wir würden Sie gerne im Revier vernehmen.«

Tom Westwood schaute herausfordernd langsam im Raum umher. Alle anwesenden Patienten starrten ihn an.

»Warum machen wir das nicht gleich hier? Sie verschaffen mir eine ungeahnte Aufmerksamkeit, die mir eigentlich ganz gut gefällt.«

»Herr Westwood, kommen Sie jetzt bitte mit uns. Wir haben keine Zeit für Ihre Spielchen.«

Nur etwa eine Stunde später saß Tom Westwood den Beamten im Vernehmungsraum gegenüber. Er wirkte weiterhin entspannt und ließ sich ohne Widerstand eine DNA-Probe entnehmen.

»Herr Kommissar, das hat ja lange gedauert, bis Sie gemerkt haben, dass ich der einzige Killer in der Klinik bin. Jetzt bin ich wohl verdächtig, Martha umgebracht zu haben, was?«

»Haben Sie das denn getan?«

»Ach Quatsch, natürlich nicht.«

»Und was ist mit Jennifer Bates?«

»Wer soll das sein?«

»Sie kennen sie nicht?«

Jason zeigte ihm das Foto.

»Nein.«

»Und warum schauen Sie sich dann Videos von ihrer Ermordung an?«

»Wie kommen Sie denn darauf?«

»Wir haben Ihre DVD gefunden. Und es sind jede Menge Fingerabdrücke von Ihnen drauf. Sie wollten sie wegwerfen, aber so schnell geht das nicht!«

»Das glaube ich jetzt nicht. Sie haben also den Müll durchwühlt, um diese DVD zu finden? Ich hätte gedacht, dass Ihre Methoden etwas ausgefeilter sind.«

»Woher haben Sie diese DVD, Herr Westwood?«

»Sie halten mich wohl für blöd, oder? Ich schaue auch Krimis und ich merke, wenn mir jemand was anhängen will. Ohne meinen Anwalt sage ich gar nichts mehr. So wird das doch immer gesagt von den Zeugen, die nicht ganz dämlich sind, oder?«

»Okay, wir behalten Sie dann erst mal hier. Natürlich können Sie Ihren Anwalt anrufen.«

»Sorry, aber Sie können mich nicht hierbehalten. Ich bin krank, ich brauche meine Medikamente, sonst würden Sie sich wundern, was passiert.«

»Die Medikamente, die Sie brauchen, können wir Ihnen besorgen.«

»Herr Kommissar, Sie werden damit nicht durchkommen.«

»Das werden wir ja sehen.«

Kapitel 16

Jason hatte schlecht geschlafen, die ganze Sache ging ihm nicht aus dem Kopf. Vielleicht hatten er und Jack falsch gehandelt, als sie Tom laufen ließen, nachdem er die DVD in den Mülleimer geworfen hatte. Wenn sie ihn sozusagen noch mit der DVD in der Hand erwischt hätten, dann würde er jetzt nicht alles leugnen können. Zwar hatten sie seine Fingerabdrücke auf der DVD gefunden, aber trotzdem fühlte er sich gegenüber Tom in einer relativ schwachen Position und freute sich keineswegs auf die weitere Vernehmung.

Ohne dass er es merkte, wurde die Tür geöffnet, und Amy stand auf einmal in seinem Büro. »Chef, da ist eine junge Frau, Miranda Adams, die Sie sprechen will.«

»Soll reinkommen.«

Miranda Adams betrat im Business-Kostüm und auf hohen Absätzen das Büro. Jason konnte sich nicht erinnern, diese Frau schon einmal gesehen zu haben.

»Was kann ich für Sie tun, Frau …?«

»Adams, Miranda Adams. Ich vertrete meinen Mandanten Tom Westwood, den Sie gestern verhaftet haben. Ich beantrage seine sofortige Entlassung.«

»Ach ja? Und aus welchem Grund?«

»Gegen ihn liegt nichts weiter vor als die Tatsache, dass sich ein Gewaltvideo in seinem Besitz befand. Dieses Video besaß er aber zu therapeutischen Zwecken.«

»Jetzt wollen Sie mich aber verarschen, oder?«

»Nein, keineswegs. Sie können ja seine behandelnde Ärztin, Frau Dr. Cage fragen. Die Betrachtung von derartigen Videos, bei denen der Täter sich mit dem Opfer identifiziert, sind durchaus Teil seiner Therapie.«

»Haben Sie sich das ausgedacht oder Frau Dr. Cage?«

»Herr Kommissar, ich muss doch sehr bitten!«

»Warum, glauben Sie, hat er das Video weggeworfen?«

»Die Frage verstehe ich nicht. Ist das Entsorgen von Videos neuerdings verboten?«

»Frau Adams, jetzt mal im Ernst. Das Video zeigt die grausame Folterung und Tötung einer Frau. Es wird ein echter Mord gezeigt. Und Sie wollen mir weismachen, dass Frau Dr. Cage oder jemand anderes in der Psychiatrie sich diesen illegalen Schund besorgt hat, um ihn Herrn Westwood aus therapeutischen Zwecken vorzuspielen? Das ist doch totaler Schwachsinn!«

Ich muss Sie bitten, auf Ihre Wortwahl zu achten. Videos wie diese können Sie heute jederzeit im Internet herunterladen. Die Nutzung zu therapeutischen Zwecken ist anders als der Handel damit keineswegs illegal. Die Methode mag Ihnen ungewöhnlich erscheinen, aber Sie sind ja wohl – mit Verlaub – auch kein Experte auf diesem Gebiet. Zusätzlich muss ich Sie darüber in Kenntnis setzen, dass die Klinikleitung Beschwerde bei der Staatsanwaltschaft über Sie eingereicht hat. Die Durchsuchung des Zimmers von Herrn Westwood war nicht nur überflüssig, sie hat auch zu einer erheblichen Unruhe und Destabilisierung bei den Mitpatienten geführt. Hierfür tragen Sie die Verantwortung.«

»Sind Sie jetzt fertig?«

»Noch nicht. Ich warte noch auf meinen Mandanten. Ich würde ihn gerne gleich mitnehmen.«

In dem Moment betrat Jack den Raum.

»Jason, ich muss dich kurz sprechen. Es ist dringend.«

Der Kommissar war aufgewühlt und dankbar über die kurze Unterbrechung.

»Ja, ich komme. Frau Adams, nehmen Sie doch bitte Platz. Ich bin gleich zurück.«

»Natürlich, gerne!«

Jason und Jack gingen in den nahegelegenen Vernehmungsraum, von dem sie wussten, dass er schalldicht ist.

»Leider schlechte Nachrichten, Chef. Die DNA-Spuren von Tom

Westwood stimmen nicht mit den am Tatort gefundenen überein. Er ist eindeutig nicht der Täter. Die Kollegen haben bei der Durchsuchung des Zimmers auch nichts Verdächtiges gefunden und offensichtlich gibt es auch keine Verbindung von ihm nach Kalifornien. Die Stimme auf dem Video passt auch nicht zu seiner. Kurz gesagt, wir haben nichts gegen ihn in der Hand, außer dass er im Besitz dieses Videos war. Der Haftrichter sagt, dass wir ihn entlassen müssen. Und von der Staatsanwaltschaft gibt es auch Ärger, aber darum kümmern wir uns später.«

»Verdammt! Dann bleibt uns wohl nichts anderes übrig, als ihn freizulassen. Ich habe gerade seine Anwältin in meinem Büro. Sie sagt, das Video wurde zu therapeutischen Zwecken verwendet.«

»Ist das dein Ernst, ein Mord als Therapie?«

»Ja, genau das behauptet sie. Sie sagt, das Video konnte man im Internet herunterladen. Man habe es verwendet, um Tom Empathie mit dem Opfer beizubringen.«

»Großer Gott! Was sind das denn für Therapien? Sollen die Menschen davon krank werden oder gesund?«

Jason zuckte mit den Schultern. Die beiden Männer sahen sich nachdenklich an.

»Die ganze Sache sieht gar nicht gut aus für uns, was, Chef?«

Kapitel 17

Miranda hatte das Gefühl eines großen Triumphes, als sie mit Tom das Gefängnis verließ. Niemand brauchte ja zu wissen, dass dies ihr erster Mordfall war. Sie hatte auch sofort gemerkt, dass der Kommissar sie nicht ernst nahm, zumindest am Anfang. Aber immerhin hatte sie erreicht, dass ihr Mandant entlassen wurde. Wenn das kein Erfolg war!

Vor den Gefängnistoren angekommen, legte Tom seine Hand auf ihre Schulter.

»Vielen Dank, Frau Anwältin, dass Sie mich gerettet haben. Ich denke, das ist ein Grund zum Feiern, oder? Ich schlage vor, wir gehen in ein schönes Restaurant und stoßen auf diesen Erfolg an. Sie müssten allerdings zahlen.«

Miranda musste lachen. »Wollen Sie denn nicht zuerst zurück in die Klinik?«

Tom verzog sein Gesicht. »Nein, lieber nicht. Bitte, gönnen Sie mir noch ein bisschen Freiheit zwischen diesen beiden Gefängnissen. Ich verspreche auch, dass ich nichts Ungesetzliches tun werde. Eingesperrt bin ich dann ab heute Nachmittag wieder lange genug.«

Miranda spürte Tom gegenüber wieder diese Mischung aus Faszination und Mitleid. Es war erstaunlich, wie ausgeruht und entspannt er aussah, obwohl er doch die Nacht im Gefängnis verbracht hatte. War für ihn die Klinik denn wirklich wie ein Gefängnis und hatte er gar keinen Ort, an dem er sich zu Hause fühlte? Bei diesem Gedanken spürte sie einen Kloß im Hals. Sie konnte sich nicht erklären, warum sie auf diesen Tom so emotional reagierte. Das war sonst doch gar nicht ihre Art!

»Mögen Sie Fisch?«, fragte sie ihn.

»Ich mag alles.«

»Sehr schön, ich kenne nämlich ein kleines Fischrestaurant in dem Viertel, in dem ich wohne. Wir könnten mit meinem Auto fahren und ich bringe Sie anschließend in die Klinik, einverstanden?«

»Ja, einverstanden. Die Klinik kann hoffentlich noch so lange wie möglich warten.«

Das Restaurant war ideal geeignet für ein romantisches Candle-Light-Dinner. Es war liebevoll eingerichtet mit Tischen für zwei oder vier Personen, die so großzügig im Raum verteilt waren, dass niemand die Gespräche der anderen belauschen konnte.
Die beiden bestellten Fisch und eine Flasche Weißwein.
»Sie haben wunderschöne Augen, Frau Anwältin. Ihre Augen lösen Phantasien in mir aus, die Sie sich gar nicht vorstellen können.«
»Sie sollten so etwas nicht sagen, Tom.«
»Warum nicht?«
»Ich bin Ihre Anwältin.«
»Sie waren meine Anwältin. Und gleich so erfolgreich, dass ich Sie nicht mehr brauche. Wenn dieser Kommissar nicht noch mal Amok läuft, werde ich Ihre Hilfe zum Glück nicht mehr benötigen. Aber Sie brauchen natürlich meine Hilfe.«
»Warum?«
»Du wolltest doch ein Buch schreiben, oder nicht?«
»Doch, natürlich! Ja, das habe ich immer noch vor.«

Wie selbstverständlich war Tom zum vertrauten Du übergegangen. Miranda hatte es fast nicht bemerkt. Sie fühlte sich Tom immer näher.
»Hast du denn schon einen Fall gefunden, der interessanter ist als meiner?«
»Interessanter als du, Tom? Nein, das wohl kaum.«
Flirtete er mit ihr oder sie mit ihm?
»Ich dachte nur, weil du bei deinem Besuch in der Klinik gesagt hast, du hättest eventuell noch weitere Frage an mich, und dann hast du dich nicht mehr gemeldet. Ich war mir nicht sicher, ob du das Buchprojekt noch weiterverfolgst. Ich könnte dir noch viel mehr über mich erzählen.«

»Das glaube ich gerne. Und es interessiert mich sehr, was du zu sagen hast. Ich bin nur bisher einfach noch nicht dazu gekommen, an dem Buch weiterzuarbeiten.«

»Würde mich jedenfalls freuen, wenn du das bald tun würdest. Nicht wegen des Buches natürlich, sondern weil du mich dann wieder besuchst. Du bringst neues, fröhliches Leben in meinen eher traurigen Alltag.«

»Ich komme dich auf jeden Fall mal wieder besuchen, Tom.«

Kapitel 18

Miranda trank mittags nie Alkohol. Sie fühlte sich etwas beschwipst und eigentlich nicht mehr ganz fahrtüchtig, als sie Tom in die Klinik brachte.

»Ich gebe dich noch ordnungsgemäß an der Pforte ab, sonst denken die noch, dass du ausgebrochen bist. Dann aber muss ich gleich ins Büro.« Miranda lächelte Tom an, als sie den kurzen Fußweg vom Parkplatz zum Empfang gingen.

»Ja, und danke noch mal, Miranda. Für alles.« Beide umarmten sich freundschaftlich.

»Melde mich zurück in der Klinik, John!«, sagte Tom mit militärischem Tonfall, sobald sie die Pforte erreicht hatten.

»Schön, dass du wieder bei uns bist!« Der alte Mann war seit seinem Ruhestand Pförtner in der Klinik und freute sich immer, wenn Patienten so gesprächig und normal waren wie Tom.

»Und Sie sind Frau Adams?«

»Ja, genau. Woher wissen Sie das?«

»Frau Dr. Cage möchte Sie sprechen.«

»Mich? Jetzt? Ich … ich muss eigentlich dringend wieder ins Büro.«

»Das wird sicher nicht lange dauern. Aber sie hat mich extra gebeten, Sie hier abzufangen und nicht eher wieder rauszulassen, bis Sie mit ihr gesprochen haben. Also tun Sie mir den Gefallen und melden Sie sich bei ihr im Büro. Herr Westwood kann Ihnen den Weg zeigen.«

Es war eindeutig, dass Miranda sich dieser Aufforderung nicht entziehen konnte. Tom brachte sie noch bis zu dem Flur, an dessen Ende Verenas Büro lag.

»Mach's gut und lass dich nicht von Verena ärgern, das macht sie nämlich besonders gerne«, sagte Tom und umarmte Miranda erneut.

Schon wieder dieser merkwürdige Tonfall, wenn es um seine Ärztin ging. Miranda war verwirrt, als sie an die Tür klopfte. Ohne eine Antwort abzuwarten, öffnete sie die Tür.

»Guten Tag, Frau Dr. Cage. Ich bin Miranda Adams, die Rechtsanwältin von Herrn Westwood. Man sagte mir, dass Sie mich sprechen wollen?«

»Ja, vielen Dank, dass Sie gekommen sind, Frau Adams. Bitte nehmen Sie doch Platz.« Verena deutete auf die großzügige Sitzgruppe am anderen Ende ihres Büros.

Miranda setzte sich Verena gegenüber. Sie fühlte sich eingeschüchtert durch die Präsenz dieser selbstbewussten Frau. Neben ihr kam sie sich wie eine kleine Studentin vor. Bereits auf der Konferenz hatte sie diese Wirkung auf sie gehabt. Die Euphorie ihres ersten Erfolgs als Anwältin war wie verflogen.

Gerade als Verena ansetzen wollte, etwas zu sagen, schaute ihre Sekretärin Vanessa ins Zimmer und fragte, ob sie einen Kaffee bringen könnte.

»Oh ja, sehr gerne«, sagte Miranda. Ein Kaffee war jetzt genau das Richtige, um wieder einen klaren Kopf zu bekommen.

»Für mich auch gerne, Vanessa.«

»Ich hörte, dass Sie Tom Westwood juristisch vertreten«, begann Verena die Unterhaltung, nachdem ihre Sekretärin verschwunden war.

»Ja, das stimmt. Er hat mich gebeten, ihm zu helfen.«

»Haben Sie denn bereits Erfahrung mit Mordfällen?«

»Es ging hier nicht um Mord. Es ging um einen unzureichenden Haftgrund. Und wie Sie wissen, ist Tom jetzt wieder frei.«

»Ich dachte nur, weil Sie ja auch ein Buch über Mörder schreiben.«

»Hat Tom Ihnen davon erzählt?«

»Ja, das hat er.«

»Das ist richtig. Ich bin aber noch ganz am Anfang meines Buchprojekts. Es geht mir dabei aber mehr um die psychologischen Gründe, warum jemand straffällig wird.«

In dem Moment betrat die Sekretärin den Raum und brachte den beiden Frauen den Kaffee.

74

»Vielen Dank, Vanessa! Bitte jetzt keine Anrufe durchstellen, okay?«
Miranda war froh über diese kurze Unterbrechung, die es ihr ermöglichte, sich etwas zu sammeln und darüber klar zu werden, dass sie dieser Frau keine Rechenschaft schuldig war.

»Frau Dr. Cage, warum wollten Sie mich sprechen? Sicher nicht, um mit mir über mein Buch zu plaudern, oder?«

»Doch, eigentlich schon. Es ging mir um das Buch. Ich wollte Ihnen meine Mithilfe anbieten.«

»Ihre Mithilfe?«

»Ja, ich denke, wenn Sie ein Buch über Mörder schreiben, sollten Sie nicht nur mit den Mördern selbst sprechen. Ich bin Toms Therapeutin und kenne ihn schon sehr lange. Ich könnte Ihnen einiges sagen, was Tom Ihnen nicht sagen wird.«

»Das ist wirklich sehr nett von Ihnen, Frau Dr. Cage. Natürlich nehme ich das Angebot sehr gerne an. Ich hätte mich auch ohnehin noch an Sie gewandt in dieser Sache. Bisher war ich nur noch nicht dazu gekommen.«

»Dann schlage ich vor, wir beginnen mit ein paar Unterlagen, die ich Ihnen zusammengestellt habe.«

Verena stand auf und ging zu ihrem Schreibtisch, wo sie eine kleine Mappe aufnahm, die sie Miranda in die Hand drückte.

»Was sind das für Unterlagen?«

»Der polizeiliche Bericht zu den Mordfällen damals und ein psychiatrisches Gutachten, das zu seiner Einweisung geführt hat.«

»Sind diese Dinge nicht vertraulich?«

»Ja, sie sind vertraulich. Aber Sie sind seine Anwältin und haben daher ja ohnehin Zugang zu den kompletten Prozessakten. Ich kann Ihnen die Unterlagen nicht mitgeben und Sie können sie natürlich auch nicht ohne Toms Einverständnis in Ihrem Buch zitieren, es geht hier mehr um Ihre Hintergrundinformation. Sie können sich gerne in das Nachbarzimmer setzen und die Berichte lesen. Danach unterhalten wir uns weiter.«

Miranda hielt die Mappe unsicher in ihren Händen.

»Ich bin mir nicht sicher, ob ich das lesen will. Das ist doch alles ewig her und ich habe Tom kennen gelernt, so wie er jetzt ist.«

»Genau das ist das Problem, Frau Adams. Sie haben Tom bisher noch gar nicht kennen gelernt. Wenn Sie ihn kennen lernen wollen, dann sollten Sie lesen, wozu er fähig ist.«

»Aber er ist doch durch Ihre Therapie ein anderer Mensch geworden. Sie selbst haben das gesagt.«

»Ich habe gesagt, dass seine Therapie erfolgreich war.«

»Ist das nicht das Gleiche?«

»Nein, ist es nicht. Glauben Sie mir, Sie können nur verstehen, wer Tom heute ist, wenn Sie wissen, wie er früher war.«

»In Ordnung, Frau Dr. Cage. Ich weiß das wirklich zu schätzen. Und ich komme gerne auf Ihr Angebot zurück. Nur heute passt es leider nicht so gut. Ich habe heute Nachmittag noch einen Termin im Büro und muss leider jetzt gehen. Ich melde mich aber wieder wegen des Gesprächs und der Unterlagen.«

»Sind Sie sicher?«, fragte Verena etwas resigniert.

»Aber natürlich. Ich lese die Unterlagen gerne ein anderes Mal.«

Beide Frauen standen auf und verabschiedeten sich.

»Danke noch mal, Frau Cage. Ich rufe Sie an.«

»Ja, machen Sie das. Hoffentlich bis bald.«

Kapitel 19

»Herr Klein, wie Sie wissen, halte ich viel von Ihnen und Ihrer Arbeit. Aber dieser Fall mit der Krankenschwester, da bin ich ehrlich gesagt etwas sprachlos über Ihre Ermittlungsmethoden. Sie müssen doch auch mal an die Außenwirkung von so was denken.« Es war Marc Weatherhead, der leitende Oberstaatsanwalt, der am frühen Morgen um eine Unterredung mit Jason Klein gebeten hatte.

»Was meinen Sie mit Außenwirkung?«

»Ich meine zum Beispiel Presseartikel wie diesen hier.« Damit legte er Jason die Tageszeitung von Lansing auf den Tisch. »Polizei ermittelt in Psychiatrie« war da als Überschrift zu lesen. Jason hatte den Artikel nicht zur Kenntnis genommen, er las die Zeitung nur sehr unregelmäßig. Beim Überfliegen fielen ihm nur die Worte »unsensibel« … »Patienten« … »Elefant im Porzellanladen« ins Auge.

»Das Opfer hat in dieser Klinik gearbeitet. Wir mussten dort natürlich auch ermitteln.«

»Ich rede nicht von Ermittlungen, Herr Klein. Natürlich mussten Sie die Kollegen dort vernehmen. Aber auch die Patienten? Sie haben einen Patienten ohne guten Grund festgenommen. Herr Klein, diese Leute sind krank, die können Sie nicht einfach festnehmen!«

»Wir mussten zu dem Zeitpunkt davon ausgehen, dass Herr Westwood etwas mit dem Mord zu tun hat.«

»Das mag ja sein, aber er hat doch schon lebenslänglich. Mein Gott, Klein, er hat Sicherheitsverwahrung. Was wollten Sie, das er bekommt? Zweimal lebenslänglich?«

»Er ist aber nicht adäquat untergebracht. Er befindet sich in einer normalen Psychiatrie, nicht in einer forensischen Klinik und noch nicht mal in einer geschlossenen Anstalt. Ich weiß, es war aus heutiger Sicht ein Fehler, ihn festzunehmen, aber in dem Moment war aus unserer Sicht Gefahr im Verzug. Immerhin hatte er einen Film bei sich, auf dem ein echter Mord zu sehen war.«

»… der wiederum nichts mit unserem Fall zu tun hat und um den sich die Kollegen in Kalifornien kümmern. Und wenn Sie der Auffassung sind, dass dieser Westwood nicht richtig untergebracht ist, dann können Sie ja eine Dienstaufsichtsbeschwerde gegen die Klinik einreichen.«

»Das bringt doch sowieso nichts«, sagte Jason resigniert.

»Herr Klein, Sie sollten sich auf die Aufgabe konzentrieren, den Mörder von Frau Woods zu finden, und nicht irgendwelchen fixen Ideen nachhängen. Haben Sie überhaupt außerhalb der Klinik schon ermittelt?«

»Ja, natürlich.«

»Und warum habe ich dazu noch keinen Bericht?«

»Wir haben bisher nichts Verdächtiges gefunden.«

»Sie haben also gar keine Spuren in diesem Fall?«

»Doch, wir haben ein paar Hinweise erhalten, aber noch nichts Genaues.«

»Ich hätte dazu gerne trotzdem einen Bericht, der Vorschläge für das weitere Vorgehen enthält. Auf der Basis können wir uns dann noch mal unterhalten.«

»Bis wann?«

»So schnell wie möglich eben. In den nächsten Tagen, geht das?«

»Ja, natürlich. Ich melde mich bei Ihnen.«

»Alles klar. Und nehmen Sie die Sache nicht so schwer. Jeder macht mal einen Fehler. Sie können Ihren noch ausbügeln, die Ermittlungen sind ja noch nicht beendet. Konzentrieren Sie sich jetzt auf die wesentlichen Dinge und Sie werden den Täter schon finden. So bin ich das doch auch von Ihnen gewohnt, nicht wahr?«

Marc Weatherhead klopfte Jason aufmunternd auf die Schulter, bevor dieser das Büro verließ.

Auf dem Flur lief er Jack über den Weg.

»So wie du aussiehst, ist es nicht gut gelaufen«, begrüßte Jack den Freund.

»Nein, ist es nicht. Wenn der Alte einen am Ende tröstet, dann ist wirklich was schiefgegangen, oder? Ich fühle mich jedenfalls ganz elend.«

»Also Krisensitzung heute Nachmittag?«

»Ja, Krisensitzung mit allen. Irgendwo haben wir vielleicht tatsächlich etwas übersehen.«

Kapitel 20

Das gesamte Ermittlerteam »Martha« saß im Kreis im Versammlungsraum. Die meisten hatten einen Kaffee oder Tee mit hineingenommen. Sie wussten, dass die Sitzung lange dauern konnte.

»Also, zunächst noch mal die Fakten.« Tony war aufgestanden und hielt einen Zettel in der Hand. »Martha Woods hatte in ihrem privaten Umfeld keine Feinde oder erkennbaren Konflikte. Sie hat sich vor etwa einem Jahr von ihrem langjährigen Freund getrennt, dieser scheint aber mittlerweile glücklich verheiratet zu sein und scheidet damit als Beziehungstäter aus. Von einer neuen Beziehung ist nichts bekannt. Möglicherweise müssen wir doch von einem Raubmord ausgehen.«

»Raubmord kann ich mir einfach nicht vorstellen. Sie war weder reich, noch wohnte sie in einer wohlhabenden Gegend. Auch die Tötungsart passt nicht. Um jemanden an einen Galgen zu hängen, muss man Zeit und Ruhe haben.«

»Vielleicht eine Zufallsbekanntschaft? Sie haben sich sonst wo kennen gelernt und beim ersten Treffen zeigt sich, dass der Typ pervers ist«, warf Jack ein.

»Könnte sein, allerdings hat die DNA-Analyse keine Übereinstimmung mit irgendeinem bekannten Gewalttäter erbracht. Fast unmöglich, da weitere Hinweise zu finden.«

»Die Nachbarn?«

»Haben wir alle schon befragt. Niemandem ist etwas aufgefallen.«

»Chef, wie ist es jetzt eigentlich mit Tom Westwood? Schließen wir den aus den Ermittlungen aus oder verfolgen wir das noch weiter?« Es war Jack, der diese Frage stellte.

»Erst mal ist er raus aus den Ermittlungen. Oder haben wir neue Erkenntnisse zu ihm?« Die Frage ging an Carl.

»Also, so unglaublich das klingt, aber die Kollegen haben herausgefunden, dass das Video, auf dem die Ermordung von Jennifer Bates zu sehen ist, tatsächlich im Internet verfügbar war. Man konnte es etwa fünf Tage lang auf einer einschlägigen Webseite herunterladen, bevor es gesperrt wurde. Gegen die Betreiber der Seite wurde ermittelt, aber man hat sie nie gefunden.«

»Was ist mit Verbindungen von Tom Westwood zur Toten?«

»Nichts. Weder war er in Kalifornien, noch haben sie die gleiche Schule besucht oder Ähnliches. Ich kann mir auch keine Verbindung von ihm zu einer Altenpflegerin vorstellen.«

»Gut, dann ermitteln wir in dieser Richtung nicht weiter. Die Akte Tom Westwood ist damit geschlossen.«

Jason nahm heute Abend nicht den Bus, sondern ging ausnahmsweise zu Fuß nach Hause. Es war ein gut einstündiger Fußmarsch, aber er hatte das Gefühl, dass ihm das helfen würde, seine Gedanken zu sortieren. Er spürte, wie ihm der Fall entglitt. Er hatte die Fakten nicht mehr im Griff. Vielleicht hatte er sich wirklich in etwas verrannt. Egal, wie furchtbar die Vorstellung war, dass sich Menschen einen Mord freiwillig anschauen, egal, wie unsympathisch dieser Tom war, und auch egal, wie merkwürdig sich diese Ärztin verhielt – vielleicht hatte das alles mit dem Fall ja gar nichts zu tun. Vielleicht müsste er sich einfach davon lösen. Aber irgendetwas war unlogisch an der ganzen Sache. Irgendetwas musste dahinterstecken. Aber selbst wenn, vielleicht hat das nichts mit mir und nichts mit dem Fall zu tun, sagte er sich und fühlte sich schon etwas besser, als er in seine Straße einbog. Der lange Spaziergang hatte ihm gutgetan.

Beim Aufschließen der Tür hörte er, dass das Telefon klingelte. Gerade noch rechtzeitig ergriff er den Hörer.

»Ja, Klein hier.«

»Jason, schön, dass ich dich doch noch erreiche.«

»Susan.«

»Störe ich?«

»Aber nein, ich bin gerade zur Tür hereingekommen. Du störst gar nicht.«

»Sehr schön, ich hatte nämlich vorhin schon mal angerufen. Aber ich habe nicht dran gedacht, dass du ja zu den abendlichen Langarbeitern gehörst. Ich wollte nur fragen, ob du mal Lust hast, mit mir essen zu gehen.«

Hatte sie ihn das wirklich gefragt? Einfach so?

»Ja natürlich, gerne!«

»Wunderbar! Wie wäre es morgen Abend?«

»Bestens!«

»Das freut mich! Ich kenne ein nettes Restaurant bei mir in der Nähe. Willst du mich abholen und wir gehen da zusammen hin? So gegen 19 Uhr? Oder ist das zu früh?«

»Nein, nein, das passt sehr gut!«

»Gut, also bis morgen dann.«

»Ja, bis morgen. Ich freue mich darauf.«

Jason atmete tief durch und ließ sich auf seinen Wohnzimmersessel fallen. Der Tag hatte zwar nicht so besonders schön angefangen, aber so ganz allgemein betrachtet, war das Leben doch gar nicht so schlecht!

Kapitel 21

Beschwingt betrat Jason am nächsten Morgen das Büro. Er freute sich auf den Abend mit Susan, war aber gleichzeitig auch etwas nervös bei dem Gedanken an diese Verabredung. Er war einfach zu unerfahren mit Frauen.

Gedankenverloren schaute er auf seinen Kalender mit den Termineintragungen, als das Telefon klingelte.

»Kommissar Klein.«

»Herr Klein. Hier ist Verena Cage.«

Beim Klang dieser Stimme trübte sich seine gute Laune schlagartig etwas ein. Dabei klang die Frau Doktor heute irgendwie anders als sonst.

»Frau Dr. Cage. Was kann ich für Sie tun?«

»Ich rufe Sie aus der Klinik an. Wir haben hier einen … also einer der Patienten … Lucas White … er hat sich umgebracht.«

Ihre Stimme war sehr beherrscht, fast geschäftsmäßig kalt. Jason war klar, dass sie innerlich viel aufgewühlter sein musste, als es den Anschein hatte.

»Das ist natürlich furchtbar, Frau Cage. Aber warum rufen Sie mich an? Wir sind hier für Mordfälle zuständig. Oder sind Sie sich nicht sicher, ob es wirklich Selbstmord war?«

»Doch, doch, es war Selbstmord.« Jason hörte, wie Verena tief durchatmete.

»Er hat sich erhängt, an einem Galgen. Wissen Sie, so wie Martha gestorben ist. Und auf seinem Tisch liegt ein Umschlag, der an Sie adressiert ist.«

»An mich?«

»Ja, ›Herr Kommissar‹ steht drauf. Deswegen dachte ich, es wäre das Beste, ich rufe Sie an.«

»Haben Sie oder andere Personen irgendetwas angefasst?«

»Nein, ich habe die Tür abgeschlossen. Und ich habe den Brief auch nicht geöffnet.«

»Das war sehr richtig, Frau Cage. Bitte sorgen Sie dafür, dass weiterhin niemand den Raum betritt. Meine Kollegen von der Spurensicherung und ich sind in wenigen Minuten bei Ihnen.«

Als Jason und Jack sowie die Kollegen von der Spurensicherung das Krankenhaus betraten, erwarteten sie Unruhe auf der Station, Stimmengewirr des Personals, vielleicht sogar schreiende, verwirrte Patienten. Stattdessen war der Flur erfüllt von einer Totenstille. Kein Patient war im Aufenthaltsraum oder auf dem Flur zu sehen. Frau Dr. Cage erwartete sie bereits zusammen mit der Nachtschwester, die Lucas gefunden hatte.

»Wo sind die Patienten alle hin?«, fragte Jason zuerst.

»Wir mussten sie überwiegend sedieren. Es war zu viel Aufregung für sie. Jetzt schlafen fast alle in ihren Zimmern.«

»Verstehe.«

»Kann ich Ihnen Judy Barn vorstellen? Sie ist die Nachtschwester, die Lucas gefunden hat. Ich nehme an, dass Sie auch mit ihr sprechen wollen. Sie hat eigentlich schon seit Stunden Feierabend und ist extra hiergeblieben.« Verena zeigte auf die blass aussehende ältere Frau neben ihr.

»Ja, auf jeden Fall. Wir würden auch gern mit der behandelnden Ärztin sprechen oder sind Sie das selbst, Frau Cage?«

»Nein, für die Therapie von Lucas ist meine Kollegin Dr. Jones zuständig, die ist aber gerade im Urlaub und erst nächste Woche zurück.«

»Alles klar. Frau Barn, bitte bleiben Sie noch kurz hier, wir würden gerne noch mit Ihnen sprechen. Zuerst schauen wir uns aber an, was in dem Brief steht.«

Unter lautem Protest der Kollegen von der Spurensicherung hatte Jack den Raum betreten und den Umschlag herausgeholt, den er jetzt

seinem Chef überreichte. Darin lag ein Zettel mit nur zwei Worten:
»Verzeih mir«, sowie eine DVD.

»Sieht sehr nach einem Schuldeingeständnis aus, was?«, sagte Jack zu seinem Vorgesetzten.

»Frau Cage, haben Sie hier einen Computer oder Fernseher, auf dem wir diesen Film ungestört sehen können?«

»Ja, natürlich. Kommen Sie.«

Der Film begann mit einer Großaufnahme von Lucas. Er schien die Kamera in der Hand zu halten und sich selbst zu filmen. »So, jetzt schön die Kamera ins Regal legen«, hörten die Männer Lucas in seiner eigentümlichen melodischen Sprechweise sagen. Er schien die Handkamera abzulegen und entfernte sich etwas. Dann sahen die Polizisten Martha. Sie stand auf dem Esstisch und war an Händen und Füßen gefesselt. Wie in einem Déjà-vu sahen die beiden Männer erneut die Tötung einer Frau im Film. Lucas wickelte umständlich den Galgen um den Hals der Frau. Diese schaute erschreckt und in Todesangst auf Lucas und in die Kamera. Sie wollte schreien, konnte aber nur einen jämmerlichen Ton herausbringen, da ihr ein Handtuch in den Mund gestopft worden war. Jack stellte den Computer ab.

»Ich glaube, wir haben genug gesehen, oder?«

»Ja, allerdings, wir bringen den ganzen Kram ins Revier.« Jason war nachdenklich geworden. »Wer hätte gedacht, dass es in dieser Klinik doch mehr als einen Mörder gibt?«

»Ja, die besonders harmlos Aussehenden sind halt doch oft die Gefährlichsten. Willst du trotzdem noch mit der Nachtschwester reden?«

»Ja, wir sollten ihr noch die üblichen Fragen stellen, damit sie nach Hause gehen kann.«

»Ja, und wir auch. Der Fall ist ja nun abgeschlossen, oder?«

»Das denke ich auch. Ein besseres Geständnis als diese Filmaufnahme kann es ja wohl kaum geben.«

»Dennoch irgendwie merkwürdig, die Formulierung ›Verzeih mir‹ auf dem Brief, oder? Bei wem will er sich entschuldigen? Beim Opfer oder bei jemand anderem?«

»Wer weiß schon, was in diesen verwirrten Köpfen so alles vor sich geht.«

Kapitel 22

Susan schloss ihre Praxisräume ab. Sie war froh, dass sie heute etwas früher Schluss machen konnte. Dies würde ihr ausreichend Zeit lassen, nach Hause zu gehen, sich die Garderobe für heute Abend in aller Ruhe auszusuchen und auf Jason Klein zu warten, der sie gegen sieben Uhr abholen wollte. Sie freute sich auf den Abend. Sie hatte Jason als ausgesprochen angenehmen und interessanten Menschen kennen gelernt. Sie war nicht der Typ von Frau, der sich Hals über Kopf in eine Liebesgeschichte stürzte. Liebe auf den ersten Blick hatte sie daher nie erlebt. Sie musste eine Person erst mal genauer kennen, wissen, um welche Art von Mensch es sich handelte. Bei Jason konnte sie sich gut vorstellen, dass mehr daraus werden könnte. Angenehm und interessant war dafür eine gute Kombination.

Sie drehte sich um und wollte gerade die Treppe hinuntergehen, als sie Miranda Adams bemerkte. Die junge Frau sah aus wie ein Häufchen Elend. Die verquollenen Augen und die rote Nase deuteten darauf hin, dass sie geweint hatte. Oder immer noch weinte? Susan war sofort klar, dass etwas ganz Schlimmes passiert sein musste.

»Miranda, was ist denn geschehen? Kann ich dir helfen?«
»Danke nein, das kannst du leider nicht. Ich bin nur … ich habe heute einen guten Freund verloren.« Tränen liefen ihr über die Wangen.
»Das tut mir schrecklich leid. Mein Beileid.« Susan legte ihren Arm um Miranda. Die jüngere Frau war so zerbrechlich, sie zitterte am ganzen Körper. Susan nahm sie jetzt richtig in die Arme und wartete ein paar Sekunden, bis Miranda sich etwas beruhigt hatte.
»Ist dein Mann heute zu Hause oder bist du alleine?«
»Nein, Viktor ist zu Hause. Mach dir keine Sorgen, es geht schon wieder. Ich bin einfach nur traurig, dass mein Freund gestorben ist, ohne dass ich ihn noch mal sehen konnte, verstehst du?«

»Das kann ich sehr gut verstehen. Wenn du darüber reden möchtest, komm einfach bei mir vorbei. Ich kenne mich aus mit Trennungsschmerz und kann gut zuhören. Heute kann ich leider nicht, ich bin verabredet. Aber wie wäre es morgen, zum Mittagessen? «

Miranda schaute ihr jetzt zum ersten Mal in die Augen.

»Du meinst, als Paartherapeutin? Dass du dich mit Trennungsschmerz auskennst, meine ich?«

»Ja, auch. Scheidungen haben ja immer ganz viel mit Verlust zu tun. Das weiß ich sowohl aus professioneller wie auch aus persönlicher Anschauung. Aber keine Sorge, ich will dich nicht therapieren. Ich meine das ganz freundschaftlich.«

»Ja, natürlich! Ich komme gerne morgen zum Mittagessen. Ich rufe dich vorher an, okay?«

»Ja, sehr gerne. Ich freue mich, Miranda. Bis morgen dann.«

Kapitel 23

Jason Klein hatte sich den Film mit dem Mord an Martha jetzt bestimmt schon zum zehnten Male angeschaut. In zwei Fällen wurden die Ermordungen gefilmt, da musste es doch einen Zusammenhang geben. Anders aber als bei der Ermordung von Jennifer Bates war der Täter in diesem Film klar zu erkennen. Es war, als hätte Lucas gar nicht versucht, sich zu verstecken. Aber er war ja auch nicht normal. Schizophrenie sei die Diagnose gewesen, so die Krankenschwester. Was das genau heißt, konnte sie jedoch auch nicht erklären. Labil sei er gewesen, hatte immer wieder Schwierigkeiten, die innere und die äußere Realität voneinander zu trennen. Manchmal hörte er Stimmen oder sah Dinge, die es gar nicht gab. Judy Barn hatte ihn aber als harmlos bezeichnet. »Ein armer Irrer«, hatte sie gesagt. Irre vielleicht, aber harmlos? Aber sie war ja nur die Krankenschwester, woher sollte sie wissen, wer harmlos ist und wer nur so wirkt. Dennoch, irgendetwas störte Jason am Verhalten des Mörders. War es sein komischer Blick? Wieso schaute er immer wieder in die Kamera? Wieso sah er nicht das Opfer an? Ja, natürlich! Das war es! Sein Verhalten gegenüber dem Opfer war ungewöhnlich. Er war so wenig darauf fixiert, er schien die Angst und die Panik in den Augen des Opfers gar nicht zu sehen. So, als ginge es gar nicht um den Mord. Als würde er nur einen Job erledigen. Gefühllos.
Wieder sah Jason in die Augen des Täters. Warum schaute er in die Kamera? War da vielleicht eine zweite Person? War jemand als Kameramann dabei? Dieser Gedanke durchzuckte seinen Körper wie ein Stromschlag. So musste es sein! Der Mörder schaute in die Kamera, als wollte er sagen: »Mache ich das richtig?« Er suchte nach Bestätigung. Es muss noch jemand bei dem Mord dabei gewesen sein. Die Kamera stand nicht im Regal, sondern jemand hatte den Film gedreht. Diese Person war für den Mörder der wichtigste Mensch im Raum. So als wäre diese Person auch der Regisseur bei dem Mord. Doch wer konnte es sein? War es Tom? Oder sein Bruder? Oder jemand ganz anderes?

Jason war auf einmal von einer inneren Unruhe gepackt. Wie zu erwarten, hatte der Staatsanwalt den Fall für beendet erklärt und die Ermittlungen wurden eingestellt. Sie hatten die Leiche, den Mörder und sogar ein kurzes, aber deutliches Geständnis: »Verzeih mir«. Ein Motiv hatten sie jedenfalls bisher nicht. Aber wer fragt danach bei einem Irren? Er konnte unmöglich jetzt noch weiterermitteln, wo doch der Fall offiziell gelöst war. Aber galt das auch für seinen Feierabend? Er hatte noch die Kontaktdaten des Profilers, der damals Tom Westwood analysiert hatte. Er hatte den dringenden Wunsch, mehr über diese Person zu erfahren. Vielleicht hatte er sich ja wirklich verrannt, aber vielleicht lag sein Instinkt auch richtig. Der Profiler war ohnehin schon im Ruhestand. Vielleicht war er ja geistig verwirrt und konnte sich an nichts mehr erinnern?

Jason wählte die Nummer, ohne weiter darüber nachzudenken. Dies ist ein privater Anruf mit einem privaten Interesse, sagte er sich.
»Hallo?«
»Spreche ich mit Peter Silver?«
»Ja, am Apparat. Und mit wem spreche ich?«
»Mein Name ist Jason Klein. Ich arbeite bei der Mordkommission. Sozusagen in Ihrer alten Abteilung, wir sind uns aber nie begegnet.«
»Guten Abend, Herr Klein. Was kann ich für Sie tun?«
Die Stimme klang gar nicht alt und erst recht nicht verwirrt. Jason fasste sich ein Herz.
»Sie haben früher mal ein Profil für Tom Westwood erstellt, den Mörder, der seine Pflegeeltern ermordet hat. Der Name war Miller. Es ist so etwa 30 Jahre her. Können Sie sich an den Fall erinnern?«
»Oh ja, ich erinnere mich gut. Das war einer meiner ersten großen Fälle, mein Durchbruch sozusagen. Hat er wieder etwas ausgefressen?«
»Nein, ich glaube nicht. Oder besser gesagt, ich weiß es nicht. Aber ich würde gerne mit Ihnen über den Fall sprechen. Ist das möglich?«

»Aber gerne. Dazu sollten Sie aber zu mir kommen, am Telefon mache ich das nicht so gerne. Am besten kommen Sie gleich, denn ich fliege ab morgen für drei Monate nach Florida zum Überwintern.«

»Okay, bestens. Ich komme sofort.«

Als Jason aufgelegt hatte, wusste er, dass er irgendwas Wichtiges vergessen hatte. Verdammt! Er war mit Susan verabredet. Sie wollten heute Abend zusammen essen gehen. So ein Mist! Er wollte unbedingt heute noch mit diesem Profiler sprechen. Er wählte die Nummer von Susan.

»Susan Smith.«

»Ich bin es, Jason. Susan, es tut mir leid wegen unseres Treffens heute Abend. Können wir das vielleicht auf morgen verschieben?«

»Warum? Musst du noch arbeiten?«

»Ja, also eigentlich nicht wirklich. Ich arbeite an einem Mordfall, der eigentlich schon abgeschlossen ist. Also genauer gesagt, ich sollte eigentlich nicht mehr daran arbeiten. Aber eine Sache geht mir nicht aus dem Kopf. Ich würde gerne heute Abend mit einem Profiler sprechen, der früher mal mit einem anderen Mord zu tun hatte. Also kurz gesagt, es geht mir einfach nur darum, einen bestimmten Psychopathen besser zu verstehen.«

»Darf ich mitkommen?«

»Mitkommen ... du meinst zu dem Gespräch?«

»Ja, genau. Nach dem, was du sagst, ist das ja im engeren Sinne nicht mehr dienstlich. Ich würde nur zuhören und dich bei deinem Gespräch nicht stören. Aber es würde mich wirklich interessieren. Und anschließend könnten wir immer noch Pizza essen gehen. Was meinst du?«

»Oh ja, das wäre ... das wäre wunderbar! Ich hole dich gleich ab und wir fahren gemeinsam zu dem Kollegen.«

»Sehr schön. Ich freue mich.«

Jason legte erleichtert den Hörer auf. Wieder einmal war er überrascht, wie einfach die Kommunikation mit Susan war. Er hätte es nie für möglich gehalten, dass eine Frau so unkompliziert sein konnte.

Kapitel 24

»Ich sehe, Sie haben eine Kollegin mitgebracht. Freut mich sehr!«, begrüßte Peter Silver die Gäste. Nachdem sie sich gegenseitig vorgestellt hatten, führte er die beiden ins Wohnzimmer. Susan hatte die Vermutung, dass sie eine Kollegin sei, nicht korrigiert. Jason fand dies irgendwie beunruhigend. Warum hatte sie nicht gesagt, dass sie eine Freundin ist? Oder war sie das nicht?

Die Wohnung von Peter Silver war großzügig und gemütlich eingerichtet. Die vorherrschende Farbe des Wohnzimmers war Dunkelbraun. Auch die Sitzgarnitur bestand aus riesengroßen dunkelbraunen Sesseln, in denen Susan und Jason geradezu versanken. Durch die Größe des Raumes und die Helligkeit wirkte das Zimmer trotz der dunklen Farben freundlich.

»Kann ich Ihnen einen Tee anbieten oder möchten Sie lieber ein Bier oder etwas anderes?«

»Gerne einen Tee«, antwortete Jason.

»Ja, für mich auch«, sagte Susan.

In dem Moment betrat eine ältere, elegant gekleidete Frau das Wohnzimmer. Sie stellte sich als Kathleen Silver, Peters Frau, vor.

»Bleib ruhig sitzen, mein Schatz. Ich bringe deinen Gästen den Tee. Danach bin ich auch gleich wieder verschwunden. Packen für so eine lange Zeit ist immer eine Herausforderung für mich. Ich habe zwar vorgestern schon angefangen, aber ich glaube, ich muss einiges noch mal umpacken.«

Peter Silver bewegte sich langsam und mit Bedacht, so als habe er Schmerzen, aber seine Augen waren wach und klar. Zudem hatte er eine erstaunlich junge Stimme, die Jason schon am Telefon aufgefallen war.

Nachdem seine Frau die Gäste mit Tee versorgt hatte, kam er gleich zur Sache.

»Wie kommt es, dass Sie sich für Tom Westwood interessieren?«

Jason erläuterte ihm kurz die Zusammenhänge und betonte dabei, dass die polizeilichen Ermittlungen im Mordfall Martha abgeschlossen und er und Susan aus einem rein persönlichen Interesse hier seien.

»Der Gedanke, dass Tom Westwood noch immer gefährlich sein könnte, geht mir einfach nicht aus dem Kopf. Er wurde auf der letzten Konferenz als Vorzeigepatient präsentiert, der vollständig geheilt ist. Halten Sie so was für möglich?«

»Ja, ich habe davon gehört. Eine perfekte Inszenierung von Frau Dr. Cage, wenn Sie mich fragen. Durchaus beeindruckend. Die Frage, ob Leute wie Herr Westwood geheilt werden können, ist gar nicht so einfach zu beantworten. Sofern er keine Gewalttaten mehr verübt, ist er ungefährlich für die Gesellschaft und damit im juristischen Sinne geheilt. Im medizinischen Sinne aber können die Entwicklungsdefizite, die er erlebt hat, nicht vollständig kompensiert werden. Gewalt wird immer eine Rolle in seinem Leben spielen, auch wenn er heute vielleicht besser damit umgehen kann.«

»Herr Silver, als ich den Namen Tom Westwood am Telefon erwähnte, haben Sie sich sofort an den Fall erinnert. Ich nehme an, das war nicht nur deswegen, weil er, wie Sie sagten, einer Ihrer ersten großen Fälle war, oder?«

»Das stimmt. Der Mord an den Pflegeeltern damals war für mich ein besonderer Fall. Ich war ein junger Profiler und hatte noch nicht viel Erfahrung. Der Täter hat es mir sozusagen leicht gemacht. Es war eine Art Lehrbuchfall.«

»Lehrbuchfall für einen psychisch kranken Täter, meinen Sie?«

»Mit dem Begriff ›psychisch kranker Täter‹ habe ich so meine Probleme. Aber auf jeden Fall war es der Lehrbuchfall eines Psychopathen. Der Täter hat so viele deutliche Zeichen am Tatort hinterlassen. Die Tötung war eine Art Exekution. Das zeigt sich ja bereits an der Tötungsart des Erhängens. Aber Herr und Frau Miller sind nicht durch Genickbruch gestorben, sondern sie wurden durch den Strick erwürgt. Der Täter hatte alles bis ins kleinste Detail geplant. Im Todeskampf hat er den beiden sozusagen den Prozess gemacht. Er hat sie wissen lassen, dass er jetzt die Macht über sie hat. Als ich den Tatort gesehen habe, konnte ich mich sofort in die Psyche des Täters hineinversetzen.«

»Wie sah das Profil aus, das Sie daraufhin erstellt haben?«

»Ich habe angenommen, dass der Täter überdurchschnittlich intelligent ist, sich gut verstellen kann und vermutlich sogar ein unauffälliges Leben führt. Der Mord war eindeutig ein Racheakt, zeigte aber eine so große Brutalität, dass Gewalt und Kontrolle für ihn einen Eigenwert haben mussten. Ich ging davon aus, dass er keine Gefühle für andere Menschen entwickeln konnte, sondern auf diese herabblickte. Dass er weder Beziehungen noch Sexualität ausleben konnte und sich daher ausschließlich durch Gewalt stimulierte, um seine innere Leere zu bekämpfen.«

»Ich nehme an, damit haben wir eine ziemlich genaue Beschreibung von Herrn Westwood?«

»Ja, ohne mich loben zu wollen«, Peter Silver lächelte die beiden an, »aber ich habe Tom Westwood nach seiner Festnahme mehrfach gesprochen und auch ein Gutachten über ihn erstellt. Er ist wie die meisten Psychopathen jemand, der kein Mitleid mit anderen Menschen empfinden kann, der aber Spaß daran hat, sie zu manipulieren und ihnen seinen Willen aufzuzwingen. Seine Welt besteht aus Über- und Unterordnung. Entweder er ist der Unterdrücker oder der Unterdrückte.«

Susan, die interessiert zugehört hatte, räusperte sich. »Ich hätte auch noch eine Frage, Herr Silver. Tom Westwood ist von seinen Pflegeeltern geschlagen worden. Ist das der Grund für seine Störung oder wurde er schon so geboren?«

»Nach allem, was ich über den Erziehungsstil der Millers weiß, muss man wohl davon ausgehen, dass sie einen großen Anteil an den Fehlentwicklungen haben. Gefühle zu anderen Menschen wie Liebe und Zuneigung werden ebenso erlernt wie Laufen und Sprechen. Tom hat im besten Fall Gleichgültigkeit erfahren und daher hat sich Empathie bei ihm einfach nicht ausgeprägt. Andererseits heißt das natürlich nicht, dass er zwangsläufig zum Mörder werden musste.«

»Können Sie sich vorstellen, dass das Betrachten von Gewaltvideos, also Videos, auf denen man etwa den Mord an einer Person sieht, für ihn einen therapeutischen Nutzen haben könnten?« Diese Frage brannte Jason schon lange auf den Nägeln.

»Nein, das glaube ich nicht. Es gibt Ansätze in der Behandlung, bei denen der Täter mit dem Leiden der Opfer von Gewalt konfrontiert wird. Er soll dadurch lernen, dass sein Handeln Konsequenzen für andere hat. Aber auch das funktioniert nur, wenn noch ein Rest von Empathie vorhanden ist, die ausgebaut werden kann. Tom Westwood ist dazu aus meiner Sicht zu gestört.«

Peter Silver schenkte den beiden Tee nach. Er schaute Jason nun direkt an. »Fragen Sie mich das eigentlich nur theoretisch oder wollen Sie andeuten, dass Verena Cage ihm Gewaltvideos gezeigt hat?«

»Ja, sie sagte, es sei Teil der Therapie. Wir wissen, dass er ein Video mit einem echten Mord bei sich hatte. Er hat es allerdings weggeworfen, in einen Papierkorb. Leider gibt es solchen Mist im Internet, wo man sich das runterladen kann. Es gibt offensichtlich einige Perverse, die so was gerne sehen.«

Jason spürte, dass Susan ihn erschreckt ansah.

»Ja, leider gibt es mehr Menschen, die Spaß an Gewalt haben, als wir denken. Was Tom Westwood angeht, so kann ich mir vorstellen, dass er durch das Anschauen von Gewaltvideos, vor allem wenn dort ein echter Mord verübt wird, vorübergehend stimuliert ist und seinen eigenen Gewalttrieb dadurch unterdrücken kann. Er kann sich sozusagen in die Rolle des Täters auf dem Video hineinfinden und sich vorstellen, er habe die Tat selbst begangen. Dies wäre aus meiner Sicht immer noch nicht wirklich eine Therapie, aber vielleicht eine Art von Sublimierung. Meiner Ansicht nach ist das ungesetzlich, wenn Ärzte solche Videos bereitstellen, aber ich will nicht zu hart über die Kollegen in den Anstalten urteilen. Ihr Job ist schwierig und ich kann verstehen, dass die öfter mal was Neues ausprobieren wollen, um Unheilbare vielleicht doch noch zu heilen.«

»Aber würde er dann nicht eine immer höhere Dosis haben wollen, um stimuliert zu werden?« Es war Susan, die diese Frage stellte.

»Davon ist in der Tat auszugehen. Das Video verlöre mit der Zeit seine Wirkung auf ihn. Er bräuchte dann etwas Anderes, Neues, für ihn Aufregendes.«

Das erklärt, warum er das Video weggeworfen hat, dachte Jason. Es war wertlos für ihn geworden.

»Und das Neue, Aufregende wäre dann zum Beispiel, den Mord selbst zu begehen?«, fragte Jason.

»Das wäre so etwas wie die letzte Möglichkeit, die ihm natürlich Befriedigung verschaffen würde. Wenn ihm das nicht gelänge, hätte er auch einen gewissen Spaß daran, anderen Menschen seinen Willen aufzuzwingen. Er will Kontrolle über Menschen ausüben.«

»Kontrolle über Frauen?«

»Es können auch Männer sein. Bei Frauen ist es aber wahrscheinlicher. Wissen Sie, was ich nicht geahnt hatte, als ich das Profil über den Täter erstellte: wie charismatisch und gut aussehend Tom Westwood ist. Leider ist er ein echter Frauentyp, was ihn noch gefährlicher macht. Sobald sich eine Frau für ihn interessiert, beginnt er sein Spielchen. Und das besteht aus Macht, Kontrolle und Gewalt. Etwas anderes kann er mit Frauen ja auch nicht anfangen. In den letzten 30 Jahren hat das aber glücklicherweise nicht mehr zum Mord geführt. Also hat Frau Dr. Cage vielleicht doch etwas Positives bei ihm bewirkt.«

Jason sah an der Wanduhr, dass es schon spät geworden war.

»Noch eine letzte Frage, Herr Silver. Was wäre, wenn Tom bei einem Mord anwesend wäre und diesen selbst filmen würde? Wäre das ein Verhaltensmuster, das Sie ihm zutrauen? Würde ihn das stimulieren?«

Peter Silver dachte eine Weile nach.

»Ich denke, es würde ihn dann stimulieren, wenn er Einfluss auf den Mörder hätte. Wenn er dem Mörder sagen könnte, was er tun soll.«

Kapitel 25

Wenig später saßen sich Jason und Susan in einer belebten Pizzeria gegenüber. Vor Susan stand ein großer Teller mit dampfenden Nudeln und Jason hatte sich eine Pizza bestellt, die wunderbar nach knusprigem Teig und Käse roch. Beide tranken dazu ein Bier.

»Also dann, lass es dir schmecken!«, sagte Jason und prostete Susan lachend zu.

»Ja, du auch. Ich habe jetzt auch wirklich Hunger.«

Mit Freude sah Jason zu, wie Susan sich mit großem Appetit über ihren Teller hermachte. Sie drehte die Nudeln gekonnt auf ihrer Gabel, aber am Ende war der Happen so groß, dass er kaum noch in ihren Mund passte.

»Schmeckt ganz wunderbar, diese Soße. Willst du mal probieren?«, fragte Susan ihn.

»Nur, wenn du auch ein Stück von meiner Pizza probierst.«

»Na klar, gerne!«

Jason hatte den Eindruck, selten so gut gegessen zu haben. Sowohl die Pizza als auch die Nudeln schmeckten einfach köstlich. Die trüben Gedanken, die er sich während des Gesprächs mit Herrn Silver gemacht hatte, waren auf wundersame Weise verflogen. Es schien, als würde Susan das Gleiche denken.

»Schon komisch, dass es uns schon wieder so gut schmeckt, nach den ganzen Mördergeschichten eben, oder? Ich meine, für dich ist es ja wahrscheinlich alltäglich, aber ich fand es schon recht gruselig, was dieser Peter Silver über den Mörder gesagt hat, der seine Pflegeeltern umgebracht hat.«

»Na ja, so ganz alltäglich sind derartige Triebtäter für uns auch nicht. Mord aus Habgier oder aus Eifersucht, das kommt häufig vor, aber bei krankhaften Serientätern sind wir alle etwas ratlos. Ihre Beweggründe sind oft einfach nicht nachvollziehbar.«

»Hat das Gespräch für dich denn das gewünschte Ergebnis gebracht? Ich meine, hat es sich für dich gelohnt, mit ihm zu sprechen?«

»Ja, ich denke schon. Ich verstehe jetzt zumindest etwas besser, was in Tom vorgeht.«

»Wirst du den Fall denn jetzt wieder aufrollen? Du sagtest doch, dass die Ermittlungen eigentlich abgeschlossen sind.«

»Die bleiben wohl auch abgeschlossen. Ich habe ja nichts gegen ihn in der Hand. Es war aber trotzdem noch mal wichtig für mich, von Herrn Silver zu hören, wie er ihn einschätzt.«

»Dann bin ich aber wirklich beruhigt.«

»Wie meinst du das?«

»Dieser Mensch ist ja wohl wirklich gefährlich und mir wäre gar nicht wohl bei dem Gedanken, dass du mit ihm zu tun hast. Man weiß ja nie, was solche Leute als Nächstes tun.«

Jason war gerührt über ihre Sorge, wusste aber nicht so recht, was er sagen sollte.

»Warum hast du Herrn Silver eigentlich nicht gesagt, dass du keine Kollegin von mir bist?«

»Ich dachte, dass er offener mit uns spricht, wenn er denkt, wir sind beide bei der Polizei. Hätte ich gesagt, dass ich deine Verabredung für den Abend bin und im Übrigen Paartherapeutin, hätte er vielleicht gedacht, er findet das Gespräch am nächsten Tag in der Zeitung wieder oder sonst was Merkwürdiges. Polizei ist da doch immer vertrauenerweckender, oder?«

»Ja, da hast du wahrscheinlich recht.«

Nachdem die beiden gegessen hatten, fuhr Jason Susan nach Hause. Auf dem Weg überlegte er die ganze Zeit, wie er sich von ihr verabschieden sollte. Küssen oder nicht? Als er Teenager war, gab es da bestimmte Regeln: Wangenküsschen nach der ersten Verabredung? Oder ein echter Kuss? Aber galt das noch für Erwachsene? Würde sie ihn noch auf einen Kaffee zu sich bitten? Sollte er aussteigen und sie zur Tür begleiten? Etwas unschlüssig hielt er vor ihrer Haustür an.

»Vielen Dank, dass du mich heute Abend mitgenommen hast, Jason. Es war ein sehr interessanter Abend. Jetzt bin ich aber auch todmüde und muss gleich ins Bett. Wollen wir vielleicht am Wochenende einen Ausflug machen?«

»Ja, sehr gerne! Danke, dass du mitgekommen bist, Susan. Ich freue mich, wenn wir uns am Wochenende sehen. Ich verspreche, dann verbringen wir den Tag auch ganz ohne Mördergeschichten. Ich rufe dich am Freitag an.«

»Gerne! Gute Nacht, Jason.« Susan beute sich zu ihm rüber und gab ihm einen Kuss auf die Wange.

»Gute Nacht, Susan. Schlaf gut.«

Er blieb noch im Auto sitzen und sah ihr nach, bis sie im Haus verschwunden war.

Kapitel 26

»Wie schön, dass du kommen konntest, Miranda. Komm doch erst mal rein«, begrüßte Susan die Nachbarin am nächsten Tag. Miranda betrachtete die hellen und sehr freundlich eingerichteten Räume.

»Sehr schön hast du es hier. Es wirkt alles so einladend.«

»Ja, das soll es auch. Immerhin sollen meine Kunden sich hier wohl fühlen.«

Die beiden betraten einen großen Besprechungsraum, der in dunklem Gelb gestrichen war und durch mehrere Zimmerpalmen sehr wohnlich wirkte. Miranda konnte sich gut vorstellen, dass zerstrittene Paare hier Vertrauen fassten, um ihre Geschichte zu erzählen. Auf dem Tisch lag ein Prospekt von einem Pizza-Bestellservice, den Susan in die Hand nahm.

»Wenn du Lust hast, könnten wir etwas bestellen und hier essen. Wie du siehst, ist ausreichend Platz und wir können uns in Ruhe unterhalten.«

Miranda konnte sich kaum erinnern, wann sie das letzte Mal bei einem Pizzaservice bestellt hatte. Aber warum eigentlich nicht?

»Ja, gerne! Für mich nur einen italienischen Salat, bitte.«

»Ich sehe, du bist schnell entschlossen! Mein Lieblingsgericht ist die Pizza Salami und ein Tomatensalat. Ich telefoniere mal und bin gleich wieder da.«

Bereits wenige Minuten später hatten die beiden Frauen ihr Mittagessen zusammen mit einem Glas Wasser vor sich stehen. Susan hatte Teller, Besteck und Servietten aus dem Schrank geholt. Sie schien hier eindeutig häufiger mal ihre Mittagspause zu verbringen. Miranda schaute auf ihren Salat, ihr fehlte der Appetit. Seit sie von Lucas Tod erfahren hatte, konnte sie kaum einen Bissen herunterbringen. Sie stocherte in dem Essen herum und versuchte es vorsichtig mit einem

Stückchen Käse. Sie hoffte, nicht gleich wieder ein flaues Gefühl im Magen zu spüren.

»Dann erzähle doch mal von deinem Freund. Wie ist er denn gestorben?«, kam Susan auf den eigentlichen Anlass ihres Treffens zurück.

»Er hat sich umgebracht.«

»Oh, mein Gott! Das ist ja furchtbar! Das wirft immer so viele Fragen auf für die Hinterbliebenen.«

»Sein Fall ist speziell. Er war psychisch krank. Aber es stimmt, ich stelle mir viele Fragen. Ich verstehe das alles überhaupt nicht. Weißt du, ich hatte seit Jahren keinen Kontakt mehr mit ihm. Wir waren Klassenkameraden und damals eng befreundet. Doch mit der Pubertät begann seine Krankheit, er wurde mir fremd. Er lebte nachher in der Psychiatrie hier in Lansing. Zuerst habe ich ihn noch dort besucht, aber irgendwann …« Mirandas Stimme brach ab. Sie war wieder den Tränen nahe.

»Irgendwann hattest du nicht mehr die Kraft.«

»Ich glaube, irgendwann war ich zu feige dazu.«

»Warum feige?«

»Es war immer so erschreckend für mich zu sehen, wie er sich verändert hatte. Aber gleichzeitig hat er sich immer gefreut, wenn ich kam. Ich würde mich jetzt besser fühlen, wenn ich ihn weiter regelmäßig besucht hätte.«

»Du bist da aber sehr hart gegen dich, Miranda. Du warst nicht verpflichtet, dich um ihn zu kümmern. Wenn es eine Beziehung war, die dir zu viel Kraft geraubt hat, war es völlig in Ordnung, den Kontakt abzubrechen.«

»Meinst du wirklich?« Stimmte das, was Susan ihr sagte? War es in Ordnung, nur an sich selbst zu denken? »Ist es nicht egoistisch, wenn man eine Beziehung nicht mehr aufrechterhält, nur weil sie schwierig geworden ist?«

»Das finde ich nicht. Es kommt jedenfalls sehr auf den Einzelfall an. Wenn eine Beziehung zu viel Energie verbraucht, dann muss man sich selbst schützen und diese Beziehung beenden. Davon bin ich überzeugt.«

»Wahrscheinlich war es bei mir so. Zumindest am Anfang, später hätte ich ihn aber wieder besuchen können.«

»Und was hätte das geändert?«

»Vielleicht hätte er sich nicht umgebracht.«

»Du fühlst dich also schuldig an seinem Tod?«

»Ich weiß es nicht. Nein, eigentlich nicht. Obwohl – vielleicht hätte ich ihm helfen können. Vielleicht hätte er mit mir über alles gesprochen. Vielleicht wäre dann das alles nicht passiert.« Wieder stiegen Tränen in Miranda auf.

»Du solltest dir keine Vorwürfe machen, Miranda. Wenn die Krankheit ihn dazu gebracht hat, sich das Leben zu nehmen, kann niemand etwas dafür.«

»Das ist ja gerade das Merkwürdige. Er war immer so fröhlich. Er war instabil, was seine Gedanken und Gefühle anging, extrem verletzlich und beeinflussbar. Ich weiß nicht so richtig, wie ich es ausdrücken soll. Jedenfalls hätte ich nie gedacht, dass er sich umbringt. Und erst recht nicht, dass er eine Krankenschwester tötet. Er war so gar nicht gewalttätig. Ich habe den Eindruck, dass ich mich völlig in ihm getäuscht habe.«

»Er hat eine Krankenschwester getötet?«

»Ja, ist das nicht entsetzlich? Er war doch kein Mörder.« Jetzt liefen Tränen über Mirandas Wangen.

»Moment mal, reden wir über Lucas White?«

»Du kanntest ihn?«

»Nein, aber ich habe davon gehört. Es war ja auch in der Presse. Außerdem kenne ich den Kommissar, der die Ermittlungen im Falle der Krankenschwester leitet.«

»Diesen Jason Klein?«

»Genau. Wir sind … befreundet. Aber natürlich hat er mir keine Details erzählt. Diese ganze Geschichte ist jedenfalls für viele ein Schock. Erst recht natürlich für dich, da du ihm nahegestanden hast.«

Die beiden Frauen sprachen noch eine ganze Weile über Mirandas Erinnerungen an Lucas. Über ihre Schulzeit und darüber, wie gut sie sich am Anfang verstanden hatten und wie sehr die Krankheit von Lucas alles veränderte. Auch darüber, wie schwierig es später geworden war, ihn zu verstehen und ihm weiterhin nah zu sein.

Miranda schaute zur Uhr. Sie selbst hatte zwar heute keine Termine mehr, aber sie war sich bewusst, dass Susan in ihrer Mittagspause war und vermutlich mehr Kunden hatte als sie.

»Ich will dich dann auch nicht länger von deiner Arbeit abhalten, sicher hast du noch Termine«, sagte Miranda und legte Messer und Gabel auf den noch halb vollen Teller.

Susan schaute jetzt auch zur Uhr. »Also, so 15 Minuten hätte ich noch bis zum nächsten Termin. Vielleicht ein kurzer Espresso? Ich meine, sofern du noch Zeit hast.«

»Ja, sehr gerne! Ich habe alle Zeit der Welt ...«

»Wie läuft es denn bei dir beruflich?«, fragte Susan während sie zwei Espressotassen aus dem Schrank holte und zur Kaffeemaschine ging.

»Ach, eigentlich nicht so gut. Ich habe einfach zu wenig Klienten. Wahrscheinlich bräuchte ich auch richtige Büroräume, so wie du. Aber wie soll ich das finanzieren ohne Klienten?«

»Hast du denn nur Nachbarschaftsstreitereien oder auch manchmal Scheidungen?«

»Ich betreue eigentlich alles. Eine Scheidung war aber in der Tat auch schon mal dabei, allerdings bin ich nicht gerade Expertin in dem Bereich.«

»Weißt du was, vielleicht sollten wir uns zusammentun! Ich biete Therapien für Paare an, und wenn die beiden sich zu einer Scheidung entschließen, kommen sie zu dir.«

»Das ist jetzt ein Scherz, oder?«

»Nein, gar nicht! Ich meine das durchaus ernst. Ich werde oft von meinen Klienten nach juristischen Dingen gefragt und kann da so gar nicht weiterhelfen. Außerdem sind die Räume für mich alleine eigentlich zu groß, wie du siehst.« Susan machte eine ausladende Bewegung mit dem Arm.

»Aber ein Scheidungsanwalt zusammen mit der Therapie, das klingt für mich wie ein Krankenhaus mit angeschlossenem Friedhof. Würde das auf die Klienten nicht merkwürdig wirken?«

»Also ich glaube, eher im Gegenteil. Manche Paare fühlen sich zum Erfolg verpflichtet, wenn sie eine Therapie beginnen. Wenn sie sehen, dass wir ihnen auch im umgekehrten Fall weiterhelfen können, wäre das, denke ich, sogar positiv.«

Miranda sah Susan an, dass sie es ernst meinte. Viele Gedanken gingen ihr durch den Kopf. Susan war ihr sehr sympathisch. Die ganze Atmosphäre in dem Büro war so angenehm und doch so professionell. War das vielleicht ihre Chance?

»Ich werde es mir überlegen, Susan«, sagte sie, jetzt ganz ernsthaft. »Und vielen Dank für das nette Mittagessen. Das Gespräch über Lucas hat mir geholfen, vielen Dank auch dafür. Du bist eine wirklich gute Therapeutin.«

»Danke dir, Miranda. Es war mir ein Vergnügen.«

Kapitel 27

Er hatte immer gewusst, dass es so enden würde. Vom ersten Tag an hatte er es gewusst. Sie war eine von diesen Frauen. Er konnte es an ihren Augen erkennen. Sie sah ihn mit diesem einladenden Lächeln an. Er hatte eine Wirkung auf sie, die sie selbst gar nicht einschätzen konnte. Sie war so schwach, er war ihr in jeder Hinsicht überlegen. Irgendwann würde sie ihn zu sich nach Hause einladen. Sie würde sich zurechtmachen mit Make-up und mit schönen Klamotten. Nicht die Klamotten, die ihr gefielen, sondern welche, von denen sie glaubte, sie gefielen ihm. Der Film aber, der in ihrem Kopf ablaufen würde, wäre ein völlig anderer als der Film in seinem Kopf. Er würde in ihrem Film eine Zeitlang mitspielen. Doch nur so lange, bis sie sich sicher fühlen konnte. Am Ende aber würde sein Film gespielt werden. Er würde sie genau beobachten. Am Anfang würde sie das alles noch nicht verstehen. Dann würde sie es nicht glauben. Sie würde denken, es wäre ein Spiel. Dann kämen die ersten Zweifel. Ist es wirklich ein Spiel? Was musste sie tun, um mitzuspielen? Wie würde es ihm gefallen? Sie würde versuchen, es so zu spielen, dass es ihm gefällt. Dann würde sie irgendwann merken, dass es gar kein Spiel war. Er liebte diesen Moment. Es war der erste Höhepunkt. Aber erst viel später würde sie erkennen, wie der Film endet. Diese Erkenntnis braucht eine Weile, bis sie sich im ganzen Körper breitmacht. Es war der zweite Moment, den er in vollen Zügen genießen würde, sogar noch mehr als den ersten. Es fing im Bauch an und ergriff von dort den Rest des Körpers. Wenn es ihr ganz deutlich sein würde, war es schon zu spät. Sie hätte schon zu lange mitgemacht. Und dann gab es nur noch ein einziges denkbares Ende: Er würde ein Leben auslöschen. Erst ganz am Ende würden die Augen den Tod erkennen lassen. Vorher das Entsetzen, die Erkenntnis. Er merkte, wie sehr er diesen ganzen Ablauf herbeisehnte. Diesmal musste es klappen. Es würde perfekt sein. Steve würde die Augen in der Kamera festhalten, die ganze Zeit über, sodass er sich auch später wieder in diesen Abend hineinträumen konnte. Es war sein Film, von Anfang bis zum Ende sein Film. Nur er bestimmte, was gespielt wurde.

»Verena, ich bin noch mal kurz weg«, sagte Tom im Vorbeigehen.
»Wo gehst du hin?«
»Zu Steve. Du kannst dort anrufen, wenn du willst. Er erwartet mich.«
»Ist schon in Ordnung. Komm nicht zu spät zurück. Morgen beginnen wir früh mit der ersten Therapiestunde.«
Schon wieder dieser Ton. Dieser maternalistische Ton, der ihm sagen sollte, dass nur sie alleine wusste, was gut für ihn war. War er denn so etwas wie ihr Kind oder ihr Hund, den sie herumkommandieren konnte, über den sie Macht hatte und dem sie den Ausgang verbieten könnte? Er reagierte in letzter Zeit gereizt auf alles, was Verena tat und sagte. Und er wusste auch, warum das so war. Bald aber würde er sich entspannen können.

Er war unruhig, als er bei seinem Bruder Steve klingelte. Er wippte von einem Bein auf das andere. Endlich öffnete Steve.
»Tom … komm rein.«
»Danke Steve. Was ist los, ist der Teufel dir begegnet?«
»Warum?«
»Du hast mich so erschreckt angeschaut.«
»Komm erst mal rein.«
Der Bruder führte Tom in die Küche.
»Setz dich, Tom. Willst du etwas trinken? Zu essen ist leider nicht viel im Haus.«
»Nein, ich habe keinen Hunger. Hast du ein Bier?«
»Ja, habe ich.«
Die beiden Männer setzten sich mit ihren Flaschen in der Hand an den Küchentisch.
»Tom, die Polizei war hier. Sie haben nach dir gefragt.«
»Na und? Was hast du ihnen gesagt?«

»Ich habe nichts gesagt, natürlich. Aber ich will nicht, dass sie noch mal kommen. Du musst vorsichtig sein.«

»Dass sie hier waren, heißt doch nichts. Sie ermitteln eben, da sprechen sie mit vielen Leuten. Es sei denn, natürlich, du hast dich verdächtig benommen, dann könnten wir Ärger kriegen.«

»Was willst du damit sagen?«

»Du weißt, was ich meine. Du benimmst dich nicht immer ganz normal, oder? Andere könnten dann denken, du tickst nicht richtig. Das meine ich. Ich hoffe also, du hast die Polizisten normal behandelt. Sofern du das kannst.«

»Ich habe nichts Verdächtiges gesagt oder getan. Du musst mir glauben.« Steve rückte etwas mit seinem Stuhl zurück.

»Ist ja schon in Ordnung. Deswegen bin ich auch gar nicht hier.«

»Warum dann?«

»Steve, ich sage es ganz direkt: Du musst mir helfen. Es ist wieder so weit.«

»Was meinst du?«

»Du weißt genau, was ich meine.«

»Warum schon wieder? Du hast doch gerade erst …«

»Nein, das ist es ja gerade. Dieser Idiot von Lucas hat alles falsch gemacht. Er war eine Niete.«

»Dann gib ihm eine zweite Chance.«

»Das kann ich nicht. Er hat sich umgebracht.«

»Was sagst du da? Er hat sich umgebracht?«

Steves Hände fingen an zu zittern. Er nahm den Daumen der rechten Hand in den Mund und kaute an seinem Fingernagel. Dadurch wurde er etwas ruhiger. Lucas hatte sich umgebracht? Was hatte das zu bedeuten? Die Gedanken überschlugen sich in seinem Kopf. Waren er und Tom schuld am Tod von Lucas?

»Wie ich dir sage, er war eben eine Niete. Steve, ich muss es diesmal selbst machen. Und du wirst mich dabei filmen. Nur so kann es funktionieren.«

»Nein, Tom. Das mache ich nicht. Du kannst das vergessen. Ich mache da nicht mit.«

»Jetzt höre mir mal zu, Bruderherz! Wie viele Menschen willst du am Ende deines Lebens auf dem Gewissen haben? Du weißt genau, dass ich es machen muss. Und du weißt auch genau, warum. Du kannst dich an alles erinnern, genau wie ich.«

»Tom, du kannst machen, was du machen musst, und ich werde dich nie verraten. Aber zieh mich da nicht mit rein.«

»Wenn ich keinen guten Film haben kann, dann werden mehr Menschen sterben. Beim letzten Mal hat es fünf Jahre gedauert. Ich bin fast 50 Jahre alt, vielleicht wäre es das letzte Mal. Und es ist nur ein Mädchen. Du kennst sie nicht mal. Wenn ich diesen Film nicht anschauen kann, muss ich mehr Menschen sterben sehen. Willst du das? Willst du, dass mehr Menschen sterben?«

»Wer ist es überhaupt?«

»Willst du das wissen? Bist du dabei?«

»Nein, ich bin nicht dabei. Du kannst den Film alleine drehen.«

»Du weißt, dass das nicht funktioniert. Ich brauche meine ganze Konzentration. Mein Gott, Steve, jetzt tue doch nicht so, als wüsstest du nicht ...«

»Kannst du es nicht anders lösen? Du findest sicher einen neuen Lucas.«

»Nein, ich muss es selbst machen. Ich kann nicht riskieren, dass es noch mal schiefgeht. Du musst mir helfen, das ist deine Verpflichtung und Schuld mir gegenüber.«

»Ich habe dir gegenüber keine Verpflichtung mehr. Und auch keine Schuld.«

Den letzten Satz hatte Steve mit wenig Überzeugung gesagt und Tom hatte es gespürt.

»Ach ja? So einfach ist das also? Du lebst hier in Freiheit und genießt dein Leben und dein kaputter Bruder ist dir egal! Hast du Angst, die Bullen zerstören dir dein Spießerleben? Du solltest daran denken, dass ich nie frei war, nicht eine Minute! Es fing an in dem Moment, als du die Wohnung verlassen hast. Du wusstest, was die Millers mit mir machen würden.«

Toms Stimme war laut geworden. Steve sah Schweißperlen auf seiner Stirn.

»Ich bin auch nicht wirklich frei, auch wenn es so aussieht. Wir beide sind nicht frei.«

»Dann helfe mir. Nur noch dieses eine Mal! Danach ist es vorbei. Vielleicht für immer.«

Kapitel 28

Noch vor ein paar Wochen hätte Jason das nicht für möglich gehalten. Er stand einträchtig mit Susan in der Küche und war dabei, den Salat zu waschen. Er kochte gemeinsam mit einer Frau, die er erst vor wenigen Tagen kennen gelernt hatte, und fühlte sich dabei gar nicht unwohl. Nach einem sehr ausgiebigen Spaziergang im nahegelegenen Wald war ihm sogar pudelwohl zumute. Susan hatte vom Vortag noch mit Schafskäse gefüllte Hackfleischbällchen übrig. Dazu gab es Salat und Bratkartoffeln, die gerade auf dem Herd brutzelten. Dieses traute Familienleben war bisher nur etwas für andere Menschen gewesen. Keinesfalls für ihn. Aber jetzt fühlte es sich gar nicht fremd an, sondern eigentlich ganz normal.

»Schau mal, Jason, was hältst du von diesem Wein?« Susan hielt ihm eine Flasche französischen Rotwein vor die Nase.

»Ehrlich gesagt, damit kenne ich mich gar nicht aus. Insofern bin ich mit allem einverstanden.«

»Bestens, dann nehmen wir den. Der ist schon so lange in meinem Schrank, dass ich mal sehen muss, ob der überhaupt noch gut ist.« Mit diesen Worten öffnete Susan die Flasche und schenkte sich einen kleinen Schluck ein.

»Schmeckt eindeutig noch gut. Was meinst du?« Sie gab Jason das Glas hin, dieser roch daran, schwenkte es etwas und trank leicht schlurfend einen Schluck, wie er es mal im Fernsehen bei einer Weinprobe gesehen hatte.

»Perfektes Bouquet, würde ich sagen.«

Susan lachte. »Und du kennst dich nicht mit Wein aus?«

»Ich kenne mich wirklich nicht aus, aber verrate es nicht weiter. Ich mache noch schnell die Salatsauce, dann können wir essen.«

Wieder sah Jason dabei zu, wie Susan lustvoll das Essen vertilgte. Die hübschen Grübchen in ihren Wangen hatte er vorher gar nicht wahrgenommen. Er fühlte sich leicht und unbeschwert. Dieser ganze Fall mit den Bekloppten aus der Psychiatrie, all das war so weit weg. Sie unterhielten sich über ihre Lebensgeschichten, über ihre gescheiterten Ehen, über Orte, an denen sie gewohnt hatten. Es gab so viel zu erzählen, sie hatten beide schon so viel erlebt. Jason erfuhr, dass Susans Mann Martin sie mit einer Kollegin betrogen hatte. Sie hatte davon erfahren, als die Kollegin schwanger wurde und ihr Mann sich von ihr trennte. Während ihrer Ehe hatten sie beide nie Kinder gewollt, umso mehr kam ihr dieser Betrug wie ein Verrat vor. Sie war sich sicher, dass Martin sie nie verlassen hätte, wenn das Kind nicht unterwegs gewesen wäre. Vielleicht hätte er sich irgendwann wieder von dieser Frau getrennt und sie hätte nie von dieser Geschichte erfahren.

»Wäre dir das denn lieber gewesen? Vermisst du ihn noch?«, fragte Jason sie.

»Nein, ich habe gelernt, dass das Wichtigste für mich Ehrlichkeit ist. Er hat mich über ein Jahr lang betrogen, das Lügen war fast schlimmer als die Affäre. Wenn es eine Affäre geblieben wäre und er hätte es mir gleich gesagt, hätte ich ihm wahrscheinlich verziehen. Ich habe lange gebraucht, um darüber hinwegzukommen. Die Arbeit hat mir dabei geholfen. Erst nach meiner Trennung habe ich mich ja selbstständig gemacht. Ich wollte mir damit auch beweisen, dass ich noch etwas Neues anfangen kann. Auch wenn es natürlich irgendwie absurd klingt, eine Eheberatung aufzumachen, wenn man gerade selbst eine gescheiterte Ehe hinter sich hat.«

»Das finde ich nicht unbedingt«, erwiderte Jason. »Immerhin weißt du aus eigener Erfahrung, wovon deine Klienten reden.«

»Ja, das stimmt in der Tat. Ich habe häufig den Eindruck, dass die Leute davon ausgehen, als Paartherapeutin würde man in der eigenen Beziehung sozusagen automatisch alles richtig machen. Sie sind dann oft entspannter, wenn sie wissen, dass dem nicht so ist.«

Die Zeit verging, ohne dass sie es bemerkten. Genauso unbemerkt war die Flasche Wein auf einmal leer. Susan ging in die Küche und holte eine zweite. Beide setzten sich auf das gemütliche Sofa und gossen sich noch ein letztes Gläschen ein.

»Was ist eigentlich mit diesem Mörder geworden, über den wir mit Herrn Silver gesprochen haben?«, fragte Susan plötzlich. Jason hätte Tom Westwood jetzt lieber endgültig aus seinen Gedanken verbannt.

»Gar nichts, ehrlich gesagt. Wir haben ein Geständnis und einen Selbstmord, das heißt, der Fall ist abgeschlossen.«

»Findest du es nicht auch schockierend, dass Menschen so zu Mördern gemacht werden können?«

»Ich bin mir nicht sicher, ob das so ist. Jeder hat doch für sich selbst Verantwortung. Und als Polizist stelle ich mir die Frage ehrlich gesagt nicht, warum jemand tötet. Ich sehe alles aus der Perspektive der Opfer. Wenn jemand gefährlich ist, muss ich die Gesellschaft vor dieser Person schützen. Für den Rest bist du und deine Psycho-Kollegen zuständig.«

»Weißt du, Jason, ich glaube, wir beide haben so einiges gemeinsam. Wir haben beide eine gescheiterte Ehe hinter uns und sind beide vorsichtig, was neue Beziehungen angeht.«

»Ja, da hast du sicher recht. Ich war tatsächlich sehr vorsichtig, was neue Beziehungen angeht. Wobei, um ehrlich zu sein, würde ich es vielleicht gar nicht so ausdrücken. Ich habe nur einfach nie gedacht, dass ich noch einmal eine Frau kennen lernen würde. Eine Frau, die mir etwas bedeutet, meine ich.« Jason berührte mit der rechten Hand Susans Haare und strich leicht darüber. »Jetzt bin ich vielleicht gar nicht mehr so vorsichtig. Mit dir ist alles so einfach. Ich fühle mich so wohl wie schon lange nicht mehr, wenn ich mit dir zusammen bin.« Jason wurde klar, dass er ewig schon keine so lange Rede mehr über seine Gefühle gehalten hatte. Susan stellte ihr Weinglas ab und umarmte Jason auf der Couch.

»Ich mag dich auch gerne, Jason. Ich habe nur Angst davor, dass wir vielleicht etwas überstürzen. Ich meine, wir kennen uns noch nicht lange …« Jason kam näher zu ihr und drückte ihr einen leichten Kuss auf den Mund, den Susan erwiderte.

»Ich kenne dich schon lange genug, Susan«, sagte Jason noch.

Kapitel 29

»Hey, Chef, du siehst müde aus. Was ist los, schlecht geschlafen?«
»Nein, wunderbar geschlafen, Jack. So gut, wie lange nicht mehr«, sagte Jason lächelnd.
Jack schaute den Freund überrascht an.
»Steckt da etwa eine Frau dahinter?«
»Wie kommst du darauf?«
»Susan?«
»Hör mal, Jack, wir müssen zum Bahnhof. Die Kollegen von der Sitte haben gerade angerufen, die haben bei einer Routinekontrolle heute Morgen einen Toten im Keller von so einer Stripteasebar gefunden. Wahrscheinlich Drogenmilieu, aber wir sollten den Wirt befragen, das Übliche eben.«
»Also lass uns hinfahren. Du kannst mir ja im Auto noch erzählen, wo du gestern warst.«
»Du hast schon richtig geraten. War ja auch nicht so schwer, so viele Frauen kenne ich ja nun wieder nicht.«
»Susan also? Mensch, alter Junge! Wer hätte das gedacht, freut mich wirklich für dich! Die Susan ist echt ein feiner Kerl.« Jack klopfte dem Freund auf die Schulter, als sie zum Auto gingen.

Die beiden Männer mochten diese Art von Einsätzen nicht. Sobald Drogen und Prostitution im Spiel waren, stieß man immer wieder an diese Wand des Schweigens. Und selbst wenn man etwas aufklären konnte, blieb immer das Gefühl, nur die Spitze des Eisbergs gesehen zu haben und nicht an die wahren Hintermänner heranzukommen. So war es auch bei dieser sehr schleppenden Befragung des Wirts von dem Lokal, in dem die Leiche gefunden worden war.
Auf einmal klingelte das Telefon von Jason.
»Hallo Jason, hier ist Carl.«
»Carl, ist es wirklich wichtig? Ich bin gerade in einer Befragung.«

»Sorry, Chef. Ich denke schon, dass es wichtig ist.«

»Also gut, einen Moment bitte.«

Jason entschuldigte sich, er bat Jack, alleine mit der Befragung fortzufahren, und begab sich ans andere Ende des Raumes.

»Also schieß los, Carl.«

»Ich hatte gerade einen Anruf aus dem Grand River State. Eine Patientin, der Name ist Dorothee, hat diesen Tom Westwood beschuldigt, an dem Mord von Martha schuld zu sein.«

»Nicht schon wieder, Carl. Der Fall ist doch abgeschlossen. Wir wissen, wer Martha umgebracht hat. Nur weil eine von diesen Verrückten ...«

»Nein, Jason«, unterbrach ihn Carl, »es schien mir gar nicht so verrückt zu sein, was sie sagte. Sie sprach auch von dem Fall in Kalifornien. Von Jennifer Bates.«

Jetzt wurde Tom hellhörig.

»Woher wusste sie denn davon? Es gab doch gar keine Verbindung zu Westwood.«

»Es muss doch eine Verbindung geben, Jason. Wir haben sie möglicherweise nur noch nicht gefunden. Ich dachte mir, vielleicht könnten Jack und du auf dem Rückweg noch mal in der Klinik vorbeischauen. Ich meine schon, dass es sich lohnen würde, zumindest die Aussage dieser Frau aufzunehmen.«

»Ja, ist in Ordnung, das machen wir. Danke, Carl.«

Nachdem die beiden Männer die Befragung am Tatort abgeschlossen hatten, fuhren sie erneut den bekannten Weg zur Klinik. Dort angekommen, überkam Jason ein merkwürdiges Gefühl. Es war vollkommen still auf dem Flur. Nur zwei Patienten saßen im Aufenthaltsraum. Sie starrten vor sich hin, ohne zu sprechen und ohne sich zu bewegen. Warum hörte man niemanden sprechen? Was geschah wirklich hinter diesen Wänden?

Eine in Weiß gekleidete Frau hastete durch den Flur. Ihre ganze Körpersprache drückte Anspannung aus. Sie näherte sich den beiden

Polizisten mit schnellen Schritten. Ihr Namensschild am Kittel wies sie als Frau Dr. Johanson aus.

Sie streckte den beiden Männern die Hand hin und sprach dabei ebenso schnell wie sie lief.

»Guten Tag, ich bin die Stationsärztin. Es tut mir wirklich leid, aber ich kann Sie nicht zu Dorothee lassen. Aus medizinischer Sicht kann ich das im Moment nicht verantworten.«

Jason und Jack schauten sich etwas ratlos an.

»Was soll das heißen, ›aus medizinischer Sicht‹? Wir wollen uns ja nur mit ihr unterhalten«, sagte Jack.

»Ich weiß ja nicht, was Ihr Kollege mit Dorothee heute Morgen besprochen hat, aber seitdem ist sie völlig aufgelöst.«

»Moment mal, Ihre Patientin hat im Revier angerufen. Wir haben sie nicht von uns aus kontaktiert«, korrigierte Jason sie.

»Ja, das mag ja sein. Keine Ahnung, was sie dazu gebracht hat. Jetzt schreit sie jedenfalls und tobt wie schon lange nicht mehr. Ich fürchte, irgendetwas hat einen ernsthaften psychotischen Schub ausgelöst.«

»Sie meinen, dass sie gar nicht ansprechbar ist?«

»Ich meine, dass Sie meine Patientin nicht weiter aufregen sollten. Geben Sie ihr zumindest noch etwas Zeit.«

In diesem Moment betrat Frau Dr. Cage den Raum.

»Sie beide bleiben uns als Besucher dieser Klinik ja länger erhalten, als wir alle gedacht hätten. Ist der Fall immer noch nicht abgeschlossen?«

»Doch, der Fall ist abgeschlossen. Aber wenn wir neue Hinweise erhalten, müssen wir denen natürlich nachgehen. Das verstehen Sie doch, oder?«

»Ja, selbstverständlich. Dorothee ist im Ruheraum. Sie können zu ihr. Frau Johanson, bringen Sie die Herren hin?«

Zögerlich und sichtlich verwundert stand die Stationsärztin auf.

»Ja, wenn Sie meinen, Frau Cage.«

Der sogenannte Ruheraum war ein ganz in Weiß gehaltenes Krankenzimmer. Die Patienten sollten bewusst in dieser reizfreien Umgebung zur Ruhe kommen. Aber dafür sorgte auch noch etwas anderes, wie die Beamten feststellten.

Vor ihnen lag eine ältere Frau mit grauen, wirren Haaren. Sie war an Händen und Füßen an das Krankenbett gefesselt und schien die Besucher nicht zu bemerken.

»Dorothee ...?« Jason ärgerte sich, dass er nicht mal den Nachnamen der Frau kannte.

Sie zeigte keine Regung. Die beiden Männer schauten sich ratlos an. Jason versuchte es erneut.

»Dorothee, Sie haben heute Morgen die Polizei angerufen. Können Sie sich erinnern? Wir sind hier, um Ihre Aussage aufzunehmen.« Langsam drehte die Frau den Kopf zu den Männern hin. Es war totenstill im Raum. Ihre Augen waren vollkommen leer, ein Speichelfaden lief ihr aus dem linken Mundwinkel. Sie schaute die Männer nur wortlos an.

Kapitel 30

Tom Westwood saß alleine in seinem Krankenzimmer. Er schaute wie in Trance vor sich hin. Alles war bereit. Morgen konnte es losgehen. Eine intensive Vorfreude durchströmte seinen Körper. Er hatte alles bis ins kleinste Detail geplant und diesmal würde nichts schiefgehen. Diesmal nicht. Er hatte alles unter Kontrolle. Der Galgen lag bereits im Kofferraum des Autos, die Kamera war auch da, die Batterien aufgeladen. Selbst an dieses Detail hatte er gedacht. Er lächelte in sich hinein. Aber er war ja auch kein Anfänger. Er war ein Profi auf seinem Gebiet. Und jetzt würde er nichts mehr anderen überlassen. Er musste es selbst machen, damit würde er seine Dämonen besiegen. Zumindest für einige Zeit.

Seine einzige Sorge war, dass man ihm etwas anmerken könnte, denn er konnte seine Unruhe nur schwer verbergen. Seine Hände zitterten. Verena würde sofort erkennen, was mit ihm los ist. Diese Frau kannte ihn zu gut. Er musste es unbedingt vermeiden, mit ihr in Kontakt zu kommen. War sie heute überhaupt in der Klinik. Ja, natürlich! Er hatte sie vorhin vom Fenster aus im Park gesehen. Sie hatten heute keine Therapiestunde. Er konnte nur hoffen, dass sie nicht unerwartet in sein Zimmer kam, so wie sie es manchmal tat, um mit ihm zu plaudern. Denn zum Plaudern war er nun wirklich nicht aufgelegt.

Kapitel 31

»Aber natürlich machen die das mit Absicht. Warum sollte man sonst am frühen Morgen die Waschmaschine anstellen? Das ist doch ganz klar Ruhestörung!«

Miranda schaute in das hasserfüllte Gesicht des alten Mannes. Sie wollte das Gespräch beenden, wusste aber nicht so recht, wie.

»Aber Sie sagten doch, dass Ihre Nachbarin einen kleinen Sohn hat und alleinerziehend ist. Vielleicht musste sie die Waschmaschine anstellen, bevor sie zur Arbeit ging …«

»Ach was, das kann sie doch genauso gut abends machen.« Diesmal war es die Ehefrau des alten Mannes. Sie sah nicht weniger unfreundlich aus. Beide erinnerten Miranda an Pitbulls, die darauf warteten, zuzubeißen.

»Haben Sie denn schon mal mit Ihrer Nachbarin gesprochen? Ich meine, meistens ist es doch besser, wenn man das untereinander regelt, statt gleich mit einer Klage zu drohen.«

»Was glauben Sie denn, warum wir hier sind? Natürlich wollen wir klagen!«

»Ich kann Ihnen da ehrlich gesagt nicht allzu viel Hoffnung machen …«

»Gut, dann gehen wir zu einem anderen Anwalt. Glauben Sie aber nicht, dass wir Ihnen etwas bezahlen dafür. Sie haben ja nur unsere Zeit verschwendet.«

Der Mann stand auf und Miranda merkte, dass sie erleichtert war.

Nachdem sie die beiden so höflich, wie es ihr möglich war, verabschiedet hatte, kam ihr das Gespräch mit Susan wieder in den Sinn. Sie ging zum Telefon und wählte ihre Nummer.

»Miranda, wie schön, dass du anrufst! Bist du zu Hause? Ich mache mir gerade einen Kaffee, willst du nicht vorbeikommen?«

»Hast du denn Zeit?«

»Ja, in einer halben Stunde ist der nächste Termin. Also genug Zeit für eine Kaffeepause.«

»In Ordnung. Ich bin gleich bei dir!«

Miranda nahm ihren Schlüssel in die Hand und sauste die Treppen hinunter. Susan hatte bereits für beide Kaffee gemacht. Sie saßen wieder im Besprechungsraum.

»Hast du das wirklich ernst gemeint mit deinem Vorschlag, dass wir zusammenarbeiten könnten?«, begann Miranda die Unterhaltung.

»Aber ja, das war mein voller Ernst. Ich habe mir sogar überlegt, dass wir deine rechtliche Beratung in die Therapie integrieren könnten.«

»In die Therapie integrieren?«

»Ja, als Angebot natürlich nur. Ich habe dir doch gesagt, dass ich immer wieder nach rechtlichen Konsequenzen gefragt werde. Vor allem, wenn die Paare Kinder haben, wollen sie wissen, ob diese vor Gericht befragt werden, wie das mit dem Sorgerecht entschieden wird und so was alles. Nach der ersten Sitzung würde ich anbieten, dass sie eine rechtliche Beratung erhalten. Du kannst ihnen alles erklären und anschließend können sie sich besser in die Situation der Scheidung hineinversetzen. Dann können sie besser entscheiden, ob sie das wirklich wollen.«

»Wir würden diese Sitzung dann gemeinsam machen?«

»Ja, genau. Ich würde dann auch gleich was über die rechtlichen Aspekte lernen. Das Honorar teilen wir uns natürlich.«

»Das klingt spannend, aber für mich ist da noch ein Problem.«

»Nämlich?«

»Ich habe panische Angst davor, vor Gericht aufzutreten.«

»Aber das brauchst du gar nicht. Das ist ja genau der Witz. Wenn es zur Scheidung kommt, sind die durch die Therapie so gut darauf vorbereitet, dass sie sich im Vorfeld einigen. Wir schlagen ihnen vor, dass sie dich als gemeinsame Anwältin nehmen. Damit sparen sie Geld und die Verhandlung vor Gericht wird in null Komma nix beendet sein.«

»Meinst du wirklich? Und wenn ein Paar gar nicht kooperativ ist?«

»Hey, Miranda, ich bin eine gute Therapeutin, glaube mir! Und wenn ich versage, dann kannst du die Klienten immer noch ablehnen.«

»Daran, dass du eine gute Therapeutin bist, habe ich keinerlei Zweifel.«

»Und ich bin mir sicher, dass du eine gute Rechtsanwältin bist, Miranda!«

Kapitel 32

Miranda erwartete ihren Besuch in freudiger Stimmung. Pünktlich um 19 Uhr klingelte es an ihrer Haustür. Vor ihr stand Tom mit einem großen Blumenstrauß und einem strahlenden Lächeln. Ihr Herz machte einen Sprung, als er sie mit einem Wangenküsschen begrüßte. Der Tisch war bereits gedeckt und die zwei hohen Kerzen darauf angezündet. Von ihrer Musikanlage kamen im Hintergrund leise Klavierklänge.

»Wie wäre es zunächst mit einem Glas Sekt als Aperitif? Die Suppe braucht noch etwas.«
»Ja, gerne!« Toms Stimme klang etwas gepresst, was Miranda aber nicht wahrnahm.
»Du hast ja einen großen Rucksack dabei, Tom! Willst du hier denn länger bleiben?«
»Nein, ich ... ich habe nur ...«
Miranda lachte.
»Das war doch nur ein Scherz, Tom! Hier, du kannst den Rucksack in die Garderobe stellen.«
»Danke, ist schon in Ordnung. Ich denke, der steht hier ganz gut. Ich meine, wenn er dich nicht stört.«
»Nein, natürlich nicht.«

Beide waren etwas nervös in der Gegenwart des anderen. Das Glas Sekt konnte die Anspannung aber etwas lösen. Tom hatte jedoch sein Glas nur halb ausgetrunken, er musste auf der Hut bleiben.
»Sag mal, Miranda«, begann er, als die beiden bei der Vorspeise waren, »weiß dein Mann eigentlich, dass ich hier bin?«
»Ich habe dir doch gesagt, dass er auf Dienstreise ist. Er kommt erst morgen Abend zurück.«

»Er weiß es also nicht?«

»Nein, warum? Ich muss ihn doch nicht um Erlaubnis fragen!« Miranda griff erneut zum Glas und leerte es. Sie hielt seinem durchdringenden Blick stand. Unglaublich, wie intensiv er sie anschaute. Miranda sah in ihm einen verletzten Jungen. Jemand, dem im Leben übel mitgespielt wurde. Aber sie würde gut zu ihm sein. Sie konnte ihm helfen, glücklich zu werden.

»Und was wäre, wenn er anruft und ich gehe ans Telefon?«

»Hör mal, Tom, was soll dann schon sein? Ich kann doch einen Freund einladen, wenn mir danach ist. Außerdem ruft er nicht an. Wir sind ungestört.«

Es war ein Spiel mit dem Feuer und Miranda wusste es genau. Sie hatte Viktor noch nie betrogen. Würde sie es heute Abend tun? Es lag so eine knisternde Spannung in der Luft. Sie spürte, dass Tom genauso aufgeregt war wie sie. Auch er ahnte, wo dieser Abend enden könnte. Bei dem Gedanken klopfte ihr Herz, es war wie beim ersten Verliebtsein. Tom griff zur Sektflasche und schenkte Miranda nach. Seine Hände zitterten, er schien in dieser Situation genauso verunsichert zu sein wie sie. So wenig vertraut mit dem, was jetzt geschah. Wie sollte er auch? Er war ja quasi seit Jahren in einer geschlossenen Anstalt. Miranda aber wusste, dass er dort nicht hingehörte.

Miranda fühlte Toms Blick auf ihrem Körper, als sie in die Küche ging, um die Hauptspeise zu holen. Zu Braten mit Kartoffeln und Gemüse hatte sie einen guten Rotwein aus ihrem reichhaltigen Weinkeller ausgewählt. Da sie selten Alkohol trank, spürte sie den Sekt bereits jetzt. Ihr war leicht schwindelig, ein angenehmes Gefühl. Ohne dieses Gefühl hätte sie gar nicht den Mut zu diesem Abend.

»Weißt du, ich habe nicht viel Erfahrung mit solchen Situationen.« Tom sprach eindringlich. Warum hatte er sein Glas nicht angerührt?

»Ich auch nicht, Tom. Lass uns noch ein Glas trinken und einfach den Abend genießen. Weißt du, es kommt mir so vor, als würden wir uns schon ewig kennen. Und gleichzeitig möchte ich dich noch besser kennen lernen. Natürlich nur, wenn du das auch möchtest.«

Was sagte sie da? Machte das überhaupt Sinn? War das eine Einladung? Wollte sie wirklich, was hier geschah?

»Du wirst mich heute kennen lernen. Besser, als dir vielleicht lieb ist, Miranda.«

Miranda lachte wieder und hielt ihm einladend ihr Weinglas hin, um mit ihm anzustoßen. »Ich freue mich drauf, Herr Westwood.«

Nachdem sie die Hauptspeise beendet hatten, stand Miranda erneut auf und ging in die Küche. Diesmal folgte Tom ihr. Er hatte seinen Teller in der Hand und legte das schmutzige Geschirr auf die Spüle. Diese Geste rührte Miranda. Wo hatte Tom diese Umgangsformen gelernt? Sie spürte, dass er jetzt genau hinter ihr stand.

»Was möchtest du zum Nachtisch essen, Tom? Ich hätte noch Eis im Kühlfach und wir könnten ...«

Tom legte von hinten zärtlich seine Hände auf ihre Hüften. Es durchfuhr Miranda wie ein Stromschlag.

»Findest du es denn nicht gefährlich, einen Mörder zu dir nach Hause einzuladen?«, fragte er sie. Dabei war sein Mund ganz nah an ihrem Ohr. Sie spürte den Hauch seines Atems.

»Für mich bist du kein Mörder«, sagte sie und schmiegte sich etwas mehr in seine Arme.

»Und da bist du dir ganz sicher?«

»Aber natürlich, Tom! Ich vertraue dir. Was du von deiner Kindheit erzählt hast ...«

»Und was ist, wenn du dich irrst?«, unterbrach Tom sie.

»Was willst du mir sagen, Tom?«

Tom ergriff von hinten ihre Arme und zog sie ganz leicht nach hinten. Dabei schaute er unauffällig auf seine Uhr. Absolut perfektes Timing, dachte er.

»Tom, was soll das? Lass den Unsinn!« Miranda versuchte, sich zu Tom umzudrehen, der ihr jetzt beide Arme auf den Rücken drehte.

»Gefällt dir das?«

»Nein, überhaupt nicht. Du tust mir weh!« Miranda schaute Tom jetzt direkt in die Augen. Was sie dort sah, ließ sie erschaudern.

Kapitel 33

»Trotzdem, Jason«, sagte Jack gerade, als sie in der Polizeiwache aus dem Auto stiegen. »Ich finde, dass man diese Menschen nicht so behandeln darf. Heute Morgen hat sie noch ganz normal mit Carl gesprochen und heute Nachmittag ist sie so eine Art Zombie. Da bekommt man doch Angst, oder?«

»Wir sind doch beide Laien. Vielleicht macht man das ja so. Sie könnte einen psychotischen Schub gehabt haben und jetzt eine Gefahr für sich und andere sein.«

»Diese Frau eine Gefahr? Glaubst du das wirklich?«

»Ich weiß es nicht, ehrlich gesagt. Aber ich weiß, dass ich nicht mehr in Psychiatrien ermitteln möchte.«

Als die beiden in ihr Büro gehen wollten, sahen sie Carl auf dem Flur.

»Hi, Carl. Du bist ja noch hier.«

»Ja, ich muss mit euch sprechen. Am besten gleich.«

»Wir sind ganz Ohr!«

»Sagt mir erst mal, ob ihr euch mit Dorothee unterhalten konntet.«

»Wir mit ihr schon, aber sie nicht mit uns.« Das war Jack.

»Was soll das heißen?«

»Na ja, sie war sediert, wie die Ärzte so schön sagen. Um genau zu sein, sie war ein Zombie, nicht in der Lage zu sprechen, da man sie vollgepumpt hatte mit Valium oder irgend so einem Zeugs.«

»Das klingt ja grausam!«

Carl war nervös. Die beiden Männer merkten sofort, dass er irgendetwas auf dem Herzen hatte.

»Ich habe noch mal nach einer möglichen Verbindung von Tom zu dieser Toten in Kalifornien geforscht. Und ihr werdet es nicht glauben, aber Jennifer Bates war früher mal Krankenschwester in einer forensischen Psychiatrie in Arizona, bevor sie nach Kalifornien zog und den Job wechselte. In der Klinik war Tom untergebracht bis vor ein paar Jahren.«

»Wie kann das denn sein? Ich dachte, wir hatten keine Verbindung zwischen Tom und diesem Mordfall feststellen können?«

»Ja, ich … es tut mir leid. Ich habe nicht genau genug recherchiert. Ich habe nicht daran gedacht, dass sie vorher in einem anderen Bundesland einen anderen Job gehabt haben könnte. Ich hätte das gleich merken müssen.«

Carl machte einen sehr zerknirschten Eindruck.

»Kein Problem, Carl. Das kann jedem mal passieren. Mach dir keine Gedanken. Die Frage ist eher, was machen wir jetzt?« Jason sah seinen Kollegen Jack fragend an.

»Das bedeutet erst mal ja nur, dass Tom das Opfer gekannt hat. Nicht, dass er etwas mit ihrem Tod zu tun hat. Vielleicht hat er nach dem Video gesucht, gerade weil er sie kannte.«

»Laut Frau Doktor hat er ja nicht nach dem Video gesucht, sondern sie hat es für die Therapie verwendet. Ein Video, das eine Ermordung zeigt von einer Frau, die er kannte. Ist doch wohl mehr als merkwürdig, oder?«

»Diese ganze Therapie ist doch sowieso der allergrößte Schwachsinn. Ich traue dieser Giftmischerin Cage ohnehin nicht über den Weg«, erwiderte Jack.

»Ja, irgendwie wird es wenig Sinn machen, noch mal mit ihr zu reden, oder? Sie wird uns ohnehin nichts sagen.«

»Chef, ich schlage vor, wir fahren noch mal zu Toms Bruder. Er kennt ihn am besten, außerdem hat er uns längst nicht alles erzählt.«

»Du meinst, jetzt gleich?«, fragte Jason und blickte auf die Uhr.

»Ja, ich meine, jetzt gleich, Chef!«

Kapitel 34

Miranda wurde jetzt die ganze Ausweglosigkeit ihrer Situation klar. Die Erkenntnis durchströmte ihren Körper wie ein tödliches Gift, das sich langsam in der Blutbahn ausbreitet. Es dauerte ein paar Sekunden, bis ihre Gedanken wieder einsetzten, um sich dann gleich zu überschlagen. Jetzt bloß nicht in Panik geraten! Sie musste nachdenken. Es musste doch einen Ausweg geben! Sie sah Tom vor sich, die Stirn mit einem leichten Film aus Schweiß bedeckt. Auch an den Achseln zeichnete sich Feuchtigkeit ab. Er hatte ihr als Erstes ein Küchenhandtuch in den Mund gedrückt und anschließend den Mund mit breitem Klebeband verschlossen. Miranda konnte keinen Ton mehr herausbekommen. Das Klebeband hatte er in seinem Rucksack gehabt. Was war da sonst noch drin? Er fing an, sie an Händen und Füßen zu fesseln. Was hatte er mit ihr vor? Wie würde er sie quälen? Dieser Mann war ein Bulle, körperlich hatte sie gegen ihn keine Chance. Er schaute ständig zur Uhr und schien sehr nervös zu sein. Von einem Moment auf den anderen hatte er sich verändert. Was war nur geschehen? Tränen der Wut und der Verzweiflung stiegen in ihr auf. Wenn sie reden könnte, würde sie ihn dann zur Vernunft bringen können? Sie hatten doch den ganzen Abend miteinander geflirtet! War denn nichts heute Abend echt gewesen?

Plötzlich klingelte es an der Haustür. Miranda erschrak bei dem Geräusch, spürte aber sofort eine Hoffnung auf Rettung in sich aufflammen. Würde jemand sie finden? Hatte Tom sich auch erschreckt oder hatte er das Klingeln erwartet?
Dann sah sie Toms spöttischen Blick. »Mach dir keine Hoffnung, Miranda. Das ist nur meine Verstärkung.«
Damit packte er den Galgen aus seinem Rucksack und legte ihn direkt vor Miranda ab, dann ging er zur Haustür. Miranda schloss die Augen. Jetzt wusste sie also, wie sie sterben würde. Aber welche Ver-

stärkung brauchte Tom dafür? Grausame Bilder von Gruppenvergewaltigungen gingen ihr durch den Kopf. Sie hoffte jetzt nur noch, dass es schnell vorbei sein würde. Sie fühlte, dass sie einer Ohnmacht nahe war.

Miranda registrierte nicht, was in den nächsten Minuten im Raum geschah. Erst als ihr jemand das Klebeband vom Mund nahm und das Küchentuch entfernte, machte sie die Augen wieder auf. Sie sah in zwei dunkelbraune Augen. Eine Frau saß vor ihr auf dem Boden und sprach beruhigend auf sie ein. Sie konnte aber nichts verstehen. Neben der Frau war ein Mann, der sie ebenfalls anschaute. Miranda begann am ganzen Körper zu zittern. Die Frau legte schützend den Arm um sie. Sie hörte ihre Stimme wie aus der Ferne.

»Frau Adams, es ist vorbei. Sie sind in Sicherheit. Es ist alles in Ordnung. Es ist alles vorbei, Sie haben es überstanden.«

Ganz allmählich hörte das Zittern auf.

»Wir bringen Sie erst mal ins Krankenhaus. Kommen Sie mit.«

»Nein, nicht ins Krankenhaus.«

»Sie haben vermutlich einen Schock. Es ist besser, wenn ein Arzt Sie untersucht, glauben Sie mir.«

Miranda stand auf, sie fühlte sich wie eine Marionette. Alles war so verschwommen um sie herum, ihr war schwindelig. Wo war Tom? War sie jetzt in Sicherheit?

»Wo ist Ihr Mann, Frau Adams? Oder Ihre Eltern? Wie können wir sie erreichen?«, fragte die Frau. Sie hat eine angenehme Stimme, dachte Miranda. Sie schien auch zu wissen, was zu tun ist. »Mein Mann … er ist nicht da … auf Dienstreise. Er kommt morgen wieder«, brachte Miranda nur mühsam heraus. Was war mit ihrer Stimme geschehen?

»Wie können wir ihn benachrichtigen?«

»Ihn benachrichtigen? Oh Gott!« Miranda brach beinahe zusammen. »Bitte nicht.«

Die beiden Krisenhelfer hatten die Kerzen und den Wein auf dem

Tisch gesehen und die Situation sofort verstanden. Hier war ein Abend zu zweit ganz gründlich schiefgegangen.

»Wen können wir denn sonst benachrichtigen? Wer kann Ihnen denn zur Seite stehen? Wie ist es mit Eltern oder Geschwistern?«

»Nein.« Miranda stand etwas unschlüssig im Raum, ihre Beine waren wie Pudding. Sie setzte sich wieder auf den Boden. Wo wollte sie gerade hin? Ach ja, die beiden wollten sie ins Krankenhaus bringen. Wen sollten sie benachrichtigen? Ihre Eltern? Viktor?

»Frau Adams, wen sollen wir benachrichtigen? Wer könnte sich um Sie kümmern? Ich denke, Ihr Mann sollte auf jeden Fall informiert werden. Er kann vielleicht früher zurückkommen. Sie sollten jetzt nicht alleine sein.«

»Können Sie Susan Smith anrufen, bitte? Ich gebe Ihnen die Nummer.«

»Ja, in Ordnung. Das machen wir. Wir werden sie bitten, ins Krankenhaus zu kommen. Wir bleiben auf jeden Fall bei Ihnen, bis jemand kommt. Wir lassen Sie nicht alleine.«

Mit diesen Worten half die Frau ihr auf und beide stützten sie unter den Armen, um sie aus der Wohnung und zu dem bereitstehenden Wagen zu bringen.

Kapitel 35

»Verdammt, wie konnte das nur passieren?« Tom fühlte puren Hass. Es hatte so gut begonnen. Das Vorspiel war wunderbar gelaufen. Jetzt saß er mit gefesselten Händen im Polizeiauto. Er brauchte Sekunden, bis er wieder halbwegs klar denken konnte. Er war so nahe dran gewesen. Er hatte geglaubt, es würde perfekt werden. Die Frau war beinahe schon bewegungsunfähig, er hatte sie gefesselt, ohne ihr dabei allzu weh zu tun. Er war ganz vorsichtig gewesen. Denn es sollte schließlich lange dauern, sie sollte auf keinen Fall zu früh das Bewusstsein verlieren. Er hatte den Hoffnungsschimmer in ihren Augen gesehen, diese Naivität – und dann? Er hatte sie keine Sekunde aus den Augen gelassen. Er hatte gespürt, dass sie Hilfe erwartete. Aber es war doch ganz anders vereinbart gewesen. Plötzlich stand ein schwarzer Schutzanzug vor ihm. Eine Waffe. In Sekundenschnelle waren die Männer in der Wohnung. Bevor ihm richtig klar wurde, was geschah, hatte er Handschellen angelegt bekommen.

Er hatte die Stimmen kaum wahrgenommen. »Herr Westwood, Sie sind festgenommen wegen versuchten Mordes an Miranda Adams und Verdacht auf Anstiftung zum Mord an Jennifer Bates und Martha Woods.«
Sein Puls schlug bis zum Hals. Es durfte nicht schiefgehen. Es war doch alles bis ins Letzte geplant gewesen. Wo war Steve? Die Männer führten ihn nach draußen und brachten ihn zum Polizeiauto. Als er das Haus verließ, fiel sein Blick auf Kommissar Klein, der gemeinsam mit Steve vor der Haustür stand. Tom war außer sich vor Wut. Er verlor die Kontrolle über sich. Wie ein wild gewordenes Tier versuchte er, sich aus dem engen Griff zu befreien. Die Beamten hatten zwar damit gerechnet, konnten den kräftigen Mann aber kaum in Schach halten. Er konnte ein Stück auf seinen Bruder zugehen, bevor ihn die Einsatzkräfte recht unsanft wieder zurückzogen. Er spuckte Steve an,

aber ohne ihn zu treffen. Als er zu ihm sprach, lag tiefe Verachtung in seiner Stimme.

»Du hast mich verraten! Du hast mich ein zweites Mal verraten, Steve! Wie konntest du?«

Steve sah schweigend zu, wie sein Bruder an ihm vorbeiging und im Auto abtransportiert wurde. In seinen Augen war namenlose Trauer, von der er wusste, dass sie ihn nie wieder verlassen würde.

Kapitel 36: Vier Monate später

Miranda sah blass und abgemagert aus. Sie hatte die Haare in einem strengen Pferdeschwanz zurückgebunden und trug einen dunklen Hosenanzug, der ihre helle Gesichtsfarbe noch betonte. Die Hose war um die Hüften etwas locker. Insgesamt wirkte sie zerbrechlich, auch wenn sie in den letzten Wochen schon wieder neuen Mut gefasst hatte. Die Vorbereitungen für den heutigen Tag hatten ihr dabei geholfen. Viktor stand direkt hinter ihr, als wollte er sie auffangen, falls sie umfiel. Erst allmählich hatte er begonnen zu begreifen, was geschehen war. In ihm waren so viele verwirrende Gefühle gewesen. Seine Frau schien ihm plötzlich fremd zu sein. Dass sie sich nicht getraut hatte, nach dem Vorfall zu ihm zu kommen, hatte ihn am meisten irritiert. Erst in der Therapie verstand er, dass alles, was geschehen war, Ursachen hatte. Ursachen, die auch mit ihm und mit ihrer Beziehung zu tun hatten. Er wollte es zunächst nicht glauben, musste sich aber damit auseinandersetzen. Letztlich war er Susan dankbar dafür, dass sie die beiden sanft, aber nachdrücklich begleitet hatte. Denn er liebte Miranda und wollte sie nicht verlieren. Dazu hatte er sich entschieden und das war ihm wichtig.
»Alles klar, mein Schatz?«, flüsterte er ihr zärtlich zu.
»Ja, danke dir! Alles in Ordnung.«

Jason hatte seinen Arm um Susans Schultern gelegt und schaute ihr verliebt in die Augen. »Ach, sieh mal, Jason. Da sind Miranda und ihr Mann Viktor. Miranda kennst du ja schon«, stellte Susan die beiden vor.
»Ja natürlich, wir kennen uns. Guten Tag, Frau Adams.«
»Herr Klein, schön, dass Sie gekommen sind.« Miranda war etwas gehemmt. Sie dachte an ihren Auftritt in der Polizeistation. Jason Klein war ihr damals so verbohrt vorgekommen. Seit sie wusste, dass er und Susan ein Paar waren, sah sie ihn mit anderen Augen. Er sah eigentlich ganz freundlich aus.

»Ich komme mir etwas albern vor wegen meines Auftritts damals bei Ihnen in der Polizeiwache, Herr Klein.«

»Das brauchen Sie keineswegs. Ich fand Ihren Auftritt durchaus beeindruckend. Sie sind eine gute Anwältin, das habe ich gleich gemerkt. Und im Übrigen hatten Sie ja damals auch recht«, sagte Jason und lächelte freundlich.

»Ich hatte juristisch gesehen vielleicht recht, aber Sie hatten auf jeden Fall die bessere Menschenkenntnis«, sagte Miranda.

»Da will ich Ihnen nun wirklich nicht widersprechen! Aber einen Vorteil muss es ja auch haben, älter zu sein.« Jason legte seine Hand auf Mirandas Oberarm und wurde jetzt ganz ernst. »Ganz ehrlich, Frau Adams, ich freue mich, dass Sie das alles so gut überstanden haben.«

»Ja, ich danke Ihnen. Es geht mir wieder gut.«

Jason sah, wie sein Freund und Kollege Jack gemeinsam mit seiner Frau Barbara näher kam.

»Jack, Barbara, wie schön, dass ihr auch kommen konntet!« Er und Susan begrüßten die beiden mit einer freundschaftlichen Umarmung.

»Ich hoffe ja, Chef, dass du nicht vergisst, wer euch zusammengebracht hat«, sagte Jack und hob wie zu einem Toast einladend sein Bierglas. Die anderen hatten alle ein Glas Champagner in der Hand.

»Du bist wirklich unmöglich, Jack«, rügte ihn seine Frau.

»Nein, nein, das ist schon in Ordnung«, sagte Jason. »Wir werden euch ewig dankbar sein, nicht wahr, Susan?«

»Ja, das werden wir ganz bestimmt!«

Mit einem Auge hatte Susan gesehen, dass auch Mirandas Eltern gekommen waren. Sie drehte sich zu ihrer Freundin um und flüsterte in ihr Ohr.

»Ich würde sagen, wir fangen mal an, oder?«

»Ja, lass uns anfangen. Aber du redest, okay?«

»Na, klar.«

Susan schlug mit einem Löffel ganz leicht gegen ihr Glas. Sofort war die kleine Gruppe ruhig und wartete gespannt, was jetzt geschehen würde.

»Liebe Freunde! Miranda und ich möchten euch ganz herzlich danken, dass ihr heute gekommen seid, um mit uns zu feiern. Wir hoffen sehr, dass ihr alle weiterhin glückliche Beziehungen haben werdet, aber nur für den Fall, dass es mal nicht so klappt, haben wir für euch ab heute eine Art erste Adresse.«

Damit ging sie zu dem kleinen Tisch in der Mitte des Raumes, auf dem ein verhülltes Schild stand. Mit einer dramatischen Bewegung nahm sie das Tuch weg. »Zentrum für Paare. Psychologische und juristische Beratung« stand auf dem schön gearbeiteten Messingschild. Darunter ihre beiden Namen.

Susan ging mit ihrem Sektglas auf Miranda zu. »Auf einen guten Start, liebe Kollegin!« Die Gäste klatschten Beifall, die beiden Frauen prosteten sich lächelnd zu und umarmten sich.

Epilog

»Würden Sie bitte Ihre Sachen hier auf das Band legen. Die müssen gescannt werden.«

»Jetzt bin ich wohl endgültig im Knast gelandet, was?«

»Was dachten Sie denn, was das hier ist? Ein Erholungsheim?« Tom schaute die Frau an der Pforte an. »Laura« stand auf ihrem Namensschild.

»Also, Laura, wenn ich Sie so ansehe, dann könnte man schon an ein Erholungsheim denken.«

Laura schaute zu Tom auf. Sie musste lächeln, als sie in das braun gebrannte Gesicht mit den klaren Gesichtszügen und den hellen, leicht lockigen Haaren schaute. Sie hatte noch nie einen neuen Gefangenen erlebt, der so mit ihr sprach. Auch einen so gut aussehenden Insassen hatten sie hier schon lange nicht mehr gehabt. Ob das wirklich ein echter Verbrecher war?

»Wie war Ihr Name noch mal?«, fragte sie.

»Tom Westwood, aber für Sie natürlich Tom.«

Tom sah ihr direkt in die Augen. Dieser Mann wirkte so selbstbewusst, das war mehr als ungewöhnlich für Neuankömmlinge. Laura hatte Erfahrung damit. Sie arbeitete seit über zehn Jahren in diesem Gefängnis. Sie nahm sich vor, sich mal nach ihm zu erkundigen.

»Danke und einen schönen Tag noch«, sagte Tom, als er seine Tasche wieder in Empfang nahm. Laura schaute ihm nach, bis er die Eingangstür betreten hatte. Dort wurde er von einem Vollzugsbeamten in Empfang genommen, der Toms letzten Satz gehört hatte.

»Die gute Laune wird Ihnen schon noch vergehen, Herr Westwood. Kommen Sie mit zur Gesundheitsprüfung und Körperinspektion.«

»Aber gerne doch.« Tom folgte dem Beamten mit beschwingten Schritten.

Nach der etwa halbstündigen Prozedur, bei der Tom sich vollständig ausziehen musste und die Gefängniskleidung erhielt, kam er endlich in seine Zelle. Auch hierhin wurde er von einem Beamten begleitet. Es war ein winziger Raum, aber er war endlich alleine! Der Raum war nur mit dem Nötigsten ausgestattet, kein Vergleich mit dem Grand River State Hospital. Aber Tom war das egal, er war fast blind für seine Umgebung. Er war im Hochsicherheitstrakt, das hieß, den größten Teil des Tages eingesperrt sein. Als der Wärter ging, hörte er, dass dieser von außen abschloss. Die einzige Verbindung zur Außenwelt war nun bis zum Hofgang am frühen Abend ein mit Gitterstäben versehendes Loch in der Tür zum Flur. Tom legte sich auf das harte Bett und ließ seinen Gedanken freien Lauf.

Ich weiß, was ihr denkt. Ihr denkt, ihr könnt mich kleinkriegen. Da habt ihr euch getäuscht. Noch habe ich nicht verloren. Ihr glaubt, ihr seid schlau, weil ihr mich hierher gebracht habt. Und Steve hat euch dabei geholfen, dieses Schwein! Steve, das wird dir noch leidtun. Ich weiß, dass es dir jetzt schon leidtut. Du wirst angekrochen kommen und erneut versuchen, deinen Fehler wiedergutzumachen. Ja, mach es endlich! Mach deinen Fehler wieder gut! Weißt du was, Steve, du kannst nichts wiedergutmachen. Du kannst die Vergangenheit nicht ändern. Du hättest mir helfen müssen. Verdammt! Ich war so nahe dran. Fast wäre alles perfekt gewesen. Ich hätte es so gerne getan. Alles wäre jetzt besser. Jetzt muss ich mich zusammennehmen. Es wird länger dauern, aber ich werde es schaffen. Ihr werdet schon sehen. Unterschätzt mich nur nicht. Die Millers haben es gelernt am Ende, dass man mich nicht unterschätzen sollte. Schade, dass ich damals noch nicht auf die Idee gekommen war, einen Film zu drehen. Ich würde ihn mir jetzt gerne anschauen. In ihre Gesichter schauen in dem Moment, als sie verstanden haben, was ihnen bevorsteht. Nur Verena hat mich nie unterschätzt. Dieser verdammte Drache! Wie gut, dass ich sie nicht mehr sehen muss. Keine Therapie mehr mit Frau Dr. Verena Cage, was für eine Erleichterung! Und doch, irgendwie hat sie es mir leicht gemacht. Wir kannten uns gegenseitig, als würden wir in einen Spiegel schauen. Sie ist eine Seelenverwandte. Ich habe sie gleich erkannt. Dort habt ihr es mir fast zu leicht gemacht, hier wird es schwieriger sein. Aber jede Organisation hat ihre Schwachstellen. Ich werde sie finden. Nach einer gewissen Zeit werde ich sie finden. Ich muss nur etwas Geduld haben. Und Steve wird mir helfen.

Tom lächelte zufrieden. Ein neues Spiel beginnt.